押川春浪幽霊小説集

押川春浪

国書刊行会

押川春浪幽霊小説集

押川春浪　著

目次

凡例 …… 7
万国幽霊怪話 …… 11
変幻怪異の発端 …… 12
イタリア恐怖談　橙《オレンジ》の花束 …… 15
ロンドン劇場の出火 …… 29
デンマーク城趾の住人 …… 31
ロシアの髑髏奇談 …… 36
大西洋の人魚奇談 …… 43
インド洋中　海底の亡魂 …… 45

目次

スイス山中の水車小屋……49
ロシアの迷信嬢……52
ネーブルス湾頭　何者の墳墓ぞ……56
シナ怪談　空中の白刃……60
フランス　役者の生首……62
セルヴィア国　属官の気死《きし》……64
奇なる猫塚……67
ギリシャ美人の逆埋《さかうめ》……70
梢の三尺帯の始末……74
滑稽なるブランコ往生……76
米国の鉄道怪談……78
ベルギーの盲人の怨念……80
イスパニアの黒装束……83
ルーマニア怪談　白椿の一輪……86

目次

逆様の卒塔婆……96
ブルガリアの怪樹……99
コンゴー国にて　英国士官の横死……102
怪殿の悪老婆……104
オレンジ国の毒蛇……107
怪《あやし》の軍艦の影……109
滑稽怪談　朧夜《おぼろよ》の三人……111
悪婦《あくふ》の呪い……117
山中の乱髪白衣……120
オーストリアの死人娘……122
幽霊の対盲人対策……126
ナムセン河畔　空家《あきや》の詩人……130
動物電気の作用……134
ブルガリアの化粧鏡……136

目次

ルーマニアの娘の墓……141
スウェーデン理学士の幽霊奇説……144
幽霊旅館……151
黄金の腕環……215
南極の怪事……229
幽霊小家……267
付録一、酒に死せる押川春浪……大町桂月　317
二、余の見たる押川春浪……横山健堂　322
三、押川春浪関係年譜……329

凡例

一、本書では、押川春浪著の「万国幽霊怪話」「幽霊旅館」「幽霊小家」など五篇を収録し、『押川春浪幽霊小説集』とした。五篇の底本は以下の通りである。

①「万国幽霊怪話」（『万国幽霊怪話』本郷書院、明治四一年一一月二四日）

②「幽霊旅館」（『冒険怪譚　幽霊旅館』本郷書院、明治四〇年五月一九日）

③「黄金の腕輪」（同右）

④「南極の怪事」（『冒険小説　怪雲奇星』本郷書院、明治三九年六月一九日）

⑤「幽霊小家」（『人外魔境』博文館文庫二〇六、博文館、昭和一六年二月一四日）

このたび、原文を尊重して現代表記に改めた。

二、なお、①「万国幽霊怪話」は、初版が美育社から出版（明治三五年六月）されたが、久しく絶版となっていたのを本郷書院が再版したものである。②「幽霊旅館」と③「黄金の腕輪」と⑤「幽霊小家」は、『人外魔境』にも再録されている。また④「南極の怪事」は横田順彌編『日本ＳＦ古典集成』（Ｉ）（早川書房、昭和五二年七月一五日）に収録され、巻末の横田順彌の解説で「雑誌『中学世界』（博文館発行）明治三十八年（一九〇五）一月号に載ったもので、代表作とはいえないものの、いかにも春浪らしいSF的冒険小説である」と紹介されている。今回の発行に当たり、各底本を中心に、再録された諸本も参照した。

三、現代表記に当たり、旧字体は新字体に改め、異体字は常用漢字や正字体に改めた。

四、かなづかいは現代かなづかいに改めた。

五、全文に読点「、」表記が多いため、文章の区切りや文末を句点「。」に改めた。

六、改行は原則的に底本にしたがい、行頭は一時下げにした。

七、底本の傍点や外国語に付された棒線、「 」は原則的に省いた。また、外国の地名や人名の漢字表記やカタカナ表記は、『記者ハンドブック』（共同通信社）など各種の辞典を参照し、現代表記に改め、あるいは〔 〕表記で補った。

八、ルビは原則的に削除し、難字や押川春浪独特の「演劇《しばい》」「水死人《どざえもん》」「渡船場《わたしば》」「目的《めあて》」「好奇《ものずき》」などのルビは残した。

九、難字には〔 〕表記で意味を補い、明らかな誤字や誤植は訂正した。

一〇、巻末に、生前に交友のあった大町桂月と横山健堂の弔辞を収録した。いずれも春浪の活躍振りを活写している。大町桂月の「酒に死せる押川春浪」は先に「押川春浪を弔ふ」と題して記された後、同著『十人十色　名物男』（実業之日本社、一九一六）に収録された。表記に差異があり、本書では『十人十色　名物男』より転載した。同じく、横山健堂の「余の見たる押川春浪」は、同著『人物と事業』（東亜堂書房、一九一五）に収録された文章を転載した。

一一、また「押川春浪関係年譜」を収録した。年譜の作製に当たり、横田順彌・會津信吾著『快男児　押川春浪』（徳間書店、一九九一）の本文および「押川春浪年譜」、日置英剛編『新・国史大年表』（国書刊行会、二〇〇六）等を参照した。

一二、底本の文中には、現代では使用をつつしむべき差別用語が用いられているが、当時の世相を記録した研究資料としての視点から、原則的に原文のままとした。

二〇二二年一一月

国書刊行会

万国幽霊怪話

変幻怪異の発端

夜陰の鐘がゴーンと鳴る、と、笛の音遠く、何処かで女の哭声《なきごえ》が聴こえる。あらと思う途端、おどろおどろと髪ふり乱して蒼い顔が出る。きっと白装束で、痩枯《やせが》れて、そうして足がない。

演劇《しばい》の幽霊は件《くだん》の如し。もし幽霊君にして、いつもかく同じ姿で現れるものならば、何もそんなに驚くには及ばぬ。下戸《げこ》〔酒が飲めない人〕ならば饅頭でも食わせ、上戸《じょうご》〔酒のたくさん飲める人〕ならば冷酒の一杯も飲ませて、追っ払うことも出来るのであるが、真に幽霊と覚しき現象は決してそんなものではあるまい。いつ何処《いずく》より現れ、何処へ消えるかを知らず。そのおそるべき現象を見た時は、何人も真の幽霊とは覚らず、後に至って、初めてハッと胆《きも》を冷やすことが多いそうだ。

オオ、真の幽霊！　真の幽霊なるものありやなしや、恐らくはなかるべし。果たしてなきかと問われれば、余は「然《しか》り」と断言することが出来ぬのである。幽霊ありやなしやは、人間死して後、その霊魂が永久に消滅すべきものなりや否やの問題と共に、いつまでも吾人の、容易に解決することの出来ぬ難問であろう。幽霊ありと言うのも推測である。幽霊なしと言うのも推測である。誰か幽霊の消息を知らんや。

雨のしょぼしょぼと降る淋しい夜半に、近頃水死人《どざえもん》でも葬った卵塔場《らんとうば》〔墓場のこと〕の辺《ほとり》へ立ってごらん。なんだかこの世の中には、幽霊の存在するように思われて、どんな英雄豪傑でも戦慄をする。

これに反して、華々しい舞踏会へでも行ってごらん。

「幽霊？　ばかなことよ！」

と、どんな臆病者でも笑いたくなる。

笑うのも智か、戦慄するのも愚か、我は知らず。しかしとにかく昔より今に至るまで、誰が話し合ったのでもなく、いずれの時代、いずれの国にも、幽霊の名あり、幽霊の奇談あり、これをもって見るも、この宇宙間には、何か幽霊と覚しき、一種不可思議なる現象があるに相違ない。

その現象は角膜《かくまく》の幻影なるか、心の迷いなるか、それとも世には真に幽霊なるものが存在して、ある場合にある人にのみ、あるおそるべき姿を見せうるかも分からぬ。

あまり気味のよい話ではないが、理外の理を全くないものと断定することは出来ない。アラビアの大砂漠に女の足跡——トルコの古塔に死人の哭声《なきごえ》——さても本篇に収むるところは、世界各国の幽霊妖怪談！

もとより幽霊妖怪談のことであれば、中には小説めきたるもあり、荒唐無稽の風説もあり、頭あって尾のなきもたくさんあるべし。そのことはあらかじめ読者諸君のご承知を願わねばならない。

イタリア恐怖談　橙《オレンジ》の花束

（一）聖《セント》シモン山の別荘

　橙《オレンジ》の花うるわしきイタリアのローマに、ペテーと呼べる一人の奇麗な娘が住んでいた。家は富み、身に不自由なき境遇でありながら、重き肺《はい》の病《やまい》にかかって、もうどうしても枕が上がらない。その母は痛く気を揉み、

「コレ、ペテーや、お前は本当に可愛そうな娘だよ。何かこの世でもう一度見たいとか、聴きたいとか思うものはないかい」

と言うと、ペテーは蒼白き顔を上げ、

「はい、お母さん、わたしはもう早かれおそかれ、この世を去るのですが、どうかそれ

までのうちに、もう一度聴きたいと思うのは、有名なクリスチアナ嬢のピアノの調べで、真に見たいと思うのは、かつてお母さんなどと遊んだことのある、ブラシアノ湖を遥かに見渡《みわた》す聖《セント》シモン山の景色です、この二つの望みの遂《と》げられぬうちは、なんだか死んでも天国へは行かれぬように思われます」と糸のようなる声は、まさに消えなんとする燈火《ともしび》よりもなお哀れである。

母親はこの声を聴いて真に断腸《だんちょう》に堪《た》えぬ、どうか娘の望みを叶わせてやりたいものと、まずクリスチアナ嬢の許を訪ずれて見ると、この嬢は当時有名なる音楽婦人なので、その頃はちょうど波路《なみじ》遥かなる英国の王宮に招かれて、この地にはおらぬというので詮方なく家に帰ったが、この望みが叶わぬものならば、せめてはいま一つの望みなる、かの美《うる》わしき山の景色の間にて、安らかにその魂を天に帰さんと思ったので、もとより愛する娘のことではあり、家には限りもなき富があるので、直ちに数万金をなげうって、聖《セント》シモン山の中腹に、遥かにブラシアノ湖の風雅なる景色を見渡《みわた》す地面を買い求め、夜を日についで、一軒の壮麗なる別荘も出来上がれば、ペテーは担架に乗せられて、その母と共にこの別荘に引き移ることになった。

　この別荘の風光は実に天下の絶景である。ことにペテーの病室と定まった楼上の一室は、その窓から遥かにブラシアノ湖の緑の波を見渡《みわた》し、晨《あした》の雲は白く、夕《ゆうべ》の雲は赤く、たとえばレオンハルトの油絵にでもありそうな景色である。

　ペテーはこの別荘のこの室《へや》に引き移って来てから、朝から晩まで窓の方に向かったまま、真にその景色も眼《まなこ》の底に入ってしまうかと思われるほどであったが、かかる美《うる》わしき景色を眺めたとて、死病と定まった肺病の癒《なお》ろうはずはなく、ついに六月二八日の午後一一時半、不意にやつれた顔をもたげて、ハラハラと涙を流しながら、

「お母さん、死にたくないよ、こんな奇麗な景色と、この別荘とを遺《のこ》して死にたくないよ。またクリスチアナ嬢のピアノの調べを聴かずに死にたくないよ」

と言いながら、天命の定まるところ詮方《せんかた》もなく、ガックリと崩折《くずお》れ、両眼を開いたまま、この世を去ってしまった。ペテーが死んだあとで、その母親は、何か恐ろしき物でも見たものと見え、直ちにここを立ち去って、間もなくこの別荘は売り物に出た。しかし母親は何事をも語らぬので、世間では無論ある秘密の潜んでいようなどとは夢にも知らず、ただその二階の一室で、一人の奇麗な娘が死んだということを知っているばかりである。

然るにそれから一〇ヵ月ばかり過ぎて、この山腹の明媚《うるわ》しき景色と、この別荘の風雅なる建築とを好みにて、大金を投じてここを買い求めたのは、不思議にもかの有名なる音楽婦人のクリスチアナ嬢であった。クリスチアナ嬢はペテーがその音楽を聴きたい聴きたいと言って生きていた間は、英国の空遠く、その死後ようやくこの国へ帰って来たのである。

クリスチアナ嬢にもやはり一人の母親がある。ともにこの別荘へ引越して来て、やがて嬢の居間と定まったのは、かつてペテーが死んだ楼上の一室である。もっともこの室がこの別荘中、見晴し第一等といわれているので、かく定まったのも決して無理ならぬことである。

(二) 長廊下の足音

嬢の一家がこの別荘へ引越して来た当時は、別に怪しいと思うこともなかったが、さてある日のことである、イヤ、ある日ではない、六月二八日の夜のことである。この夜はかの薄命なるペテーが死んだちょうど一周年目に当たっているので、当夜の月ことに美《うる》わしく、橙《オレンジ》の花の香りが、涼しい風と共にスースーと吹いて来るので、クリスチアナ嬢は唯一人、己《おの》が室《へや》の窓辺の近く椅子にもたれて、シーンと澄み渡った空を眺めている。時刻はあたかも半身像とあいならんだ置時計が、チーンと鳴る一一時三〇分、フト耳を澄ますと怪しむべし。この別荘の何処かの扉が、不意にビーンと開いたようで、たちまち彼方の階段に当たり、ミシリッ、ミシリッと、何物かがいと忍びやかに昇って来るような足音が聴える。ハテナと思ううちに、その何物かは早や階段を昇りつめたようで、長い長い回廊をだんだんと此方《こなた》へ、その頃イタリア貴婦人間に流行する、クオン絹の裳《もすそ》の摺れる音は、サラリッ、サラリッと、同時に優美《やさ》しき女靴の音は、ギュッ、ギュッと一歩一歩近づき、やがてその足音は、この家《へや》のドアの直ぐ外にヒタと停った。

嬢はとても怪訝《いぶか》しきことに思い、

「誰方《どなた》?」

と一声呼んでみたが、なんの返事もない。再び、

「誰方?」

と呼ぼうとすると、この時何故か身の毛もよだつような寒気《さむけ》を覚えたので、ハッと心ついたクリスチアナ嬢は、天性よほどおちついた婦人である。かつて薄命なるペテーが、ここで涙を飲んで死んだことを知っているので、そのまま黙って首《こうべ》を垂れていると、しばらくしてドアの外なる何物かは、さも失望したと言わぬばかりに、再び踵《きびす》をめぐらして、絹の裳の摺れる音をサラリッ、サラリッと、しんと静まり返った長廊下に、優しき女靴は陰《いん》に響《ひび》きて、またもや階段《きざはし》を降《くだ》る音はミシリッ、ミシリッと、だんだん遠く何処《いずこ》へか立ち去ってしまった。

クリスチアナ嬢は真に悽愴《せいそう》の感に堪えながらも、謹慎《つつしみ》深い婦人であれば、その翌日他人に会っても何事をも語らず、自《みずか》ら意中《こころ》に深く思い定めて、その夜も楼上《にかい》の室に唯一人、わざと入口のドアをば開き、一心に神を念じつつ、椅子にもたれて心待ちに待っていると、案の通り夜も次第次第に更け渡って、一一時三〇分を報ずる置時計がチーンと鳴ると、何処ともなく扉の開く音物淋しく、ミシリッミシリッと階段《きざはし》を昇って、絹の裳の摺れる音も、女靴の異様な響きも昨日の如く、長廊下をだんだんと近づき、やがて何者かは開いたドアの外にヒタと停ったようだ。

このような場合にはとても身動きも出来るものではない。けれどクリスチアナ嬢は思いを決し、ソッと首をもたげてみたが、なんにも見えない。けれど何物かは、その場に立って此方《こなた》の様子を窺っていることが分かる。クリスチアナ嬢はかくと知るより、静かに椅子を離れて入口の方に進み寄った。およそ幽霊婦人が立っていると覚しきところより四、五尺離れて、あたかも生ける人に物言う如く、

「ペテーさん」

と一声呼びかけた。その声は真に沈着《おちつ》いた優しい声である。

「ペテーさん、貴女《あなた》はペテーさんの幽霊でしょう。わたしはクリスチアナですよ。貴女がこの室でお亡くなりになったことは、わたしも仄《ほの》かに聞いております。貴女が今夜再び幽界からここに迷って来たのは、何か未《いま》だこの世の中に念《おも》い残すことがあるのでしょう。わたしはそのことをも仄《ほの》かに聞いておりますので、どうか充分に貴女を慰め、またしみじみとお諭《さと》し申したいことがありますから、もし貴女の霊が好むならば、明晩同じ時刻に、あらためてここへお出でを願います」

と言うと、ペテーの幽霊と覚しきものは、眼に姿は見えず、耳に声は聴《きこ》えぬけれど、あ

たかもこの一言《いちごん》を承諾せし如く、たちまち踵《きびす》を廻らして、絹の裳の音も微《かす》かに何処《いずく》ともなく消え去った。

(三) 音楽美人

幽霊夫人とかかる約束を結んだクリスチアナ嬢は、その翌日とも相成《あいな》れば、己《おの》が住《すま》える楼上《にかい》の一室をば綺麗に清め、あたかも王侯貴人を迎えるが如く、橙《オレンジ》の花をもって隔間《すきま》なく飾り、また一脚の華麗な椅子には、白絹を蔽うて室《へや》の中央に据え、自分は朝からピアノ台に対し、嬢が如何《いか》なる人に所望されても、滅多には弾かぬという一世一代の曲、「天使の歌」と「夢の世の曲」とをば、繰り返し繰り返し幾度復習したかも知れぬ。そのうちに日は暮れ、夜は深々と更け渡る一一時三〇分になると、果たして遠くで扉の開く音は前夜に変わらず、階段を昇る音と、長廊下に近づく絹の裳《もすそ》の摺れる音とは、いつもよりやや急がし気に、やがて足音はヒタと室の外に停り、コトコトコトコトとドアをたたくのは、まさしく幽霊婦人が訪ずれて来たのに相違ない。かくと聴くよりクリスチア

ナ嬢は、

「お入り《カムイン》」

と言いつつ静かに立ってドアを開き、少し身を避けて待っていると、影も形も見えないけれど、何物かは会釈してその前を通り過ぎるが如く、絹の裳《もすそ》の摺れる音は、サラリッ、サラリッと室《へや》の中へ入って来た。クリスチアナ嬢はもはや少しも恐いと思ってはおらぬ。その手を取らぬばかりにして、室の中央の白絹を以って蔽われたる一脚の椅子を指し、

「ペテーさん、イエ、ペテーさんの幽霊よ、よくこそ約束を守ってお出で下さいました。どうかこれへお掛け下さい」

と言うと、不思議やその椅子は、何物かが腰を下《おろ》せし如く、静かにキーと鳴った。それと知るより嬢は美《うる》わしき面《おもて》に溢るるばかりの微笑《えみ》を堪え、

「ヤー、ベテーさんの幽霊よ、今夜はわざわざと招待き《まね》申したのですが、何も特別におもてなしをする仕方もありませんよ。ただわたしはわたしのあらん限りの技術《ちから》を尽くして、自分の一世一代ともいうべき「天使の歌」と「夢の世の曲」とをお耳に入れたく思うのです」

と、言いつつ、蓮歩《れんぽ》〔美人のしなやかな歩み。金蓮歩のこと〕を移して側《かたわら》のピアノ台の上にと登ったが、この時のピアノの調べは、実に何処《どこ》の王宮でも聴くことの出来ぬ微妙《たえ》なる調べであったろう。嬢はまず「天使の歌」を弾じ、次に「夢の世の曲」にと移ったが、その五本の指には神宿るかと疑われ、盤上玉《たま》を転ばすが如き美《うる》わしき響きには、室の四辺《まわり》に飾られた橙《オレンジ》の花も笑《えみ》を含まんばかりで、嬢自身すらも恍惚として我を忘れるほどであった。

ピアノの弾奏中、かの白絹を以て蔽われたる一脚の椅子が、折ふしキキー、キキーと異状に鳴りひびくのは、もしそこに人あらば真に感に堪えぬという面色《おももち》であろう。

しばらくして嬢はピアノの弾奏を終わり、痛く疲労した様子でピアノ台を降りて来たが、何思ったかこの時自分の椅子を、かの白絹を以て蔽われた椅子の直ぐ前に据え、流れる汗を押し拭いつつ、静かにそこに腰を下《おろ》し、露のように、麗《うる》わしき眼を揚げて、じっとその正面を見た。そのさまはあたかも無形の幽霊の顔を眺めんとする如く、ハッキリとした声は少し震えを帯びているが、

「ペテーさん、イエ、ペテーさんの幽霊よ、貴女《あなた》は唯今の「天使の歌」と「夢の世の曲」とをお聴き下さいましたか、まことに不束《ふつつか》なる調べでお恥かしゅうございますけれ

ど、わたしがわたしのあらん限りの技術を尽くして、かかる調べをお耳に入れましたのも、どうか貴女《あなた》の霊魂《れいこん》を慰め、また貴女の振る舞いについて、ただ一言《いちごん》のお諭《さと》しを申したいためです。貴女はなんで神の栄光の許を離れて、この塵の浮世に迷って来ましたか。貴女はもうこの世の人ではありますまい。この世の人でなければ、安らかにその霊魂《たましい》を天に帰すべきはずです。この夢のようなる浮世の消ゆべき財宝《たから》や、あさはかな楽しみに念《おもい》を遺《のこ》すのは決して神を信ずる者の仕業《しわざ》ではありません。わたしは切に貴女のお心得違いのほどを悲しむのです。それで今夜「天使《エンゼル》の歌」と「夢の世の曲」を弾奏したのも、貴女にこの意味《こころみ》を悟らせんがためです。たとえわたしのピアノの調《しらべ》は拙くとも、静かなる夜の音楽の調は、天に達するとさえいわれておりますから、貴女はすべての煩悩を解脱して、この音楽のリズムに辿《たど》って、永久に天の栄光の許にお帰りあらんことを望むのです」

と言いつつ、一段と声に力を入れ、

「ペテーさん、お分かりになりましたか。もしわたしの言うことがお分かりになりましたら、貴女は天に帰る証拠として、何かわたしに一つのしるしを見せて下さい」

と言い終わって、クリスチアナ嬢は静かに首を垂れ、両眼を閉じて一心に神に祈祷《いのり》を捧げている。夜はシーンと更《ふ》け渡って、真に身の毛もよだつほどであったが、と、この途端だ。たちまちガタンと、何物か微塵に砕け散ったような響きと共に、ピカピカと一道《いちどう》の電光は、閉じたる眼をも射る如く、その電光《いなびかり》の間より雲とも見えず、煙とも見えず、真白な衣《ころも》を曳《ひ》ける女の姿がぼんやりと現れて、チラと此方《こなた》を振り向くとそのまま、スウーと風の如く何処《いずこ》へか消え去った。クリスチアナ嬢はこの様《さま》を見るより「あっ」と叫んで、椅子と共に床に倒れて、悶絶してしまったのである。

嬢の母御《ははご》はいつも階下《した》の、室《しつ》に眠っているが、この一両日嬢の顔色が尋常《ただ》ならず、今日は朝から室《へや》を奇麗に飾り立て、滅多には弾かぬ秘蔵の曲をさえ幾度となく復習して、さて夜になると、この深更にもかかわらず、何物かをその室《へや》に招き入れたようで、しばらくすると微妙《たえ》なるピアノの響きが聴こえ、やがてまた嬢の話し声が微かに微かに聴こえて来るので、心配のあまり未だ夢を結ばず、ハテ変だなと思っていると、この時たちまち階上に当たり、天地も砕けるような響きが聴こえたとて、驚き急ぎ、召使ともどもその場に駆けつけてみると、嬢は拳《こぶし》を握ったまま床の上に悶絶しているので、サア大変

な騒ぎ、水よ、薬よと、介抱すると、嬢は間もなく呼吸《いき》を吹き返したが、母御をはじめ一同が、いろいろと不審をうっても一言をも語らず、何気なき体《てい》に、

「いえ、わたしがピアノを調べているうち、不意に気分が悪くなって倒れたのです」

とばかり、あくまでペテーの幽霊のことを世間に洩らさず、ただ一心にその霊魂《たましい》の安らかに天に帰らんことを祈ったのは、真になんといういうけなげな心であろう。

母御も強いてとはその顛末を訊かなかった。果たしてペテーの幽霊は、その翌晩からこの別荘に現れなかった。

すると、それから三日目の夕暮のことである。クリスチアナ嬢はもはやペテーの霊魂《たましい》を、安らかに天国へ帰したと思うので、心うれしく、景色よき郊外を逍遥《さんぽ》して、例の別荘へ帰ってみると、遥かにブラシアノ湖の緑の波を見渡《みわた》す、己が楼上《にかい》の座間《いま》のテーブルの上には、いつ何人《なにびと》が携えて来たとも知れず、活々とした橙《オレンジ》の花束が遺してあった。

嬢は不審に思いながら、その花束を手に取って見ると、雪に黄金《こがね》の照り添う如きその花びらには、ただ「難有《サンキュー》」の二字がほのかに現れていたが、その美《うる》わしき色といい、その香ばしき匂いといい、真にこの世のものと、思われなかった。

ロンドン劇場の出火

これは事実談の由《よし》。さる英字新聞に記してあった一〇数年以前ロンドンの一劇場に大火事があって、数百人の人が焼け死んだことがある。その時ロンドン市中のある時計屋の妻君も、一人の可愛き女の児を連れて、その演劇《しばい》見物に赴いていたので、その留守宅では大変な心配だ。若い者は皆火事場へと駆け着け、そのあとで妻君の母に当たる婆さんは、門口《かどぐち》を出たり引っ込んだり、悽まじい黒煙の方角を眺めては気を揉んでいると、しばらくして一台の客馬車が、ががらと火事場の方から馳《はし》って来て門口に停り、妻君は女の児を抱いて降りて来たので、

「やれ嬉しや、無事でいたか」

と婆さんは狂気の如くに打ち喜び両手を拡げて走り寄ると、妻君は真青な顔をして、髪

さえおどろに乱れているが、急《いそが》わしく女の児を婆さんの手に渡し、慄《ふる》えるような声で、

「どうかこの児を大事にして頂戴よ」

と言ったまま、振り返り振り返り二、三歩彼方《かなた》へ行きかけたが、たちまち影も形も見えなくなった。

「オヤオヤ、何処《どこ》へ行ったのであろう」

と、婆さんは不思議に思ってその辺を探したが、もはや何処にもいなかった。いないはずだ。その翌日妻君の半ば焼け爛《ただ》れた死骸は、劇場の焼跡から発見された。まさか女児を家に連れ帰った後、再び火事場へ死にに行く気遣《きずかい》もないから、きっと必死の一念が亡霊になって、その児を無事に救い出したものであろう。果たしてそんなことがあるであろうか。哲学者のヒサゴラス氏〔ピタゴラス〕の如きは、人間の断末魔の一念は一種ミステリアスの作用をなすものだと言っている。

デンマーク城趾の住人

（一）廃屋《あばらや》の先生

デンマーク王国のある淋しい城趾《しろあと》に、廃屋同然の一軒の小さい家がポツンと遺《のこ》っている。しかし廃屋ではない。こんな古びた淋しい家にも、やはり住んでいる男があるのだ。その男の名はサラトラといって、この城趾から三里ほど離れたある都邑《みやこ》の小学校の先生だ。毎日毎日午前八時に家を出て、都邑の小学校へ教えに、その帰途は決ったように都邑はずれの飲食店に立ち寄り、したたま夜食に腹を肥し、これから三里の山路をぼつぼつと、月ある晩は月影を踏み、月なき夜は星の光を便《たよ》りに、この淋しい城趾の廃屋的住家《すみか》に帰って来るのが例であった。大概《たいがい》家に帰るのは夜の十時過ぎだ。ごく呑気男なので、別に恐いとも思ってはいない様子。また家を出る時も、戸を明け放し、蒲団は敷き放しという次第でござる。

頃は寒風膚《はだえ》を劈《つんざ》く冬の最中のことだ。先生はいつものように学校の教授を終わり、その帰途日頃の飲食店の前に来てみると、雨戸は閉され、ランプの光ははなはだ暗くなっているので、そのゆえ如何《いか》にと訊ねれば、今日の午前一〇時にこの飲食店の老婆が、急にコレラで死んだので、当分営業停止という訳だ。先生は大いに失望したが、ようやくのことで他に新しい飲食店を見出し、そこで充分腹をふくらし、淋しい城趾を指してうつうつと、ちょうど月のある晩だ。

「オー、寒い寒い」

と言いながら、廃屋同然のわが家へ帰ってみると、気のせいかは知れぬが、どうも留守中に何物かここへ入って来た様子で、ペタンと敷いて行った蒲団さえ異様に乱れている。しかし先生には別に心にも留めず、直ちに蒲団の中に潜り込んでみると、不思議にもその中はほんのりと暖い。ハテナと思ったが寒い晩ではあり、むしろ好い気になってグッスリと寝込んでしまった。

真夜中の時分だ。真白な衣《ころも》を纏った何物かが、こっそりこっそりとこの古びた家に近づき、その窓から首を差し込んで、先生がグッスリと蒲団の中に寝込んでいるのを見て、さも失望したという風に、何処ともなく立ち去ったことは、先生は少しも知らなかった。

（二）幽霊の冷熱問題

その翌晩も例の刻限に帰ってみると、やはり蒲団の中はほんのりと暖い。その次の晩も同じくだ。大抵の人ならとても恐ろしさに辛棒の出来るものではないが、天性呑気なる先生は少しも驚かない。

これ必ずこの辺の山に来ている樵夫《きこり》の類が俺の留守を見込んで、しばし安眠に来るのに相違はないと思ったので、留守中火を起こして置く者もない破れ家に、火燵《こたつ》同様何物かが入って来て、少しでも蒲団を暖《ぬく》めてくれるとは、結句《けっく》〔かえって。むしろ〕ありがたいことに思っていたが、それからおよそ一〇日ほど後《のち》のことである。この日は学校が不《ふ》時《じ》〔思いがけず。臨時〕に少し早く終わったので、従って飲食店の夜食も早く済し、およ

そいつもよりは一時間も前にこの城趾に帰り、例によって例の如く、

「オー、寒い寒い」

と言いながら、わが家に走り込んでみると、この時は未だ家の中には何物かいるようだ。たちまち蒲団を撥《は》ね除《の》け、真白な衣を纏った一人《いちにん》の老婆が飛び出したが、突然《いきなり》先生の横ッ面をバシッと拳《はり》飛《と》ばすとそのまま、北向きの窓からツツーと逃げ出した。

これにはさすがの先生も驚いて、急ぎ窓辺に走り寄り、きょろきょろと戸外の方を眺めたが、もうなんにもいなかった。

その翌晩からは、先生がどんなに寒い寒いと叫びながら家に帰って来ても、蒲団の中は少しも暖くなってはおらぬ。

この一件は早くもパッと評判になったので、あるいは先生の蒲団の暖くなりだしたのは、先生がいつも行く飲食店の老婆が死んだ当日からのことだから、きっと老婆の幽霊が、冷《ひや》やかなる墓場の底に眠ることを好まずして、先生の留守の間、その蒲団の中に潜り込んでいたのであろうと語るもあれば、いやいや、幽霊ならば氷のように冷たいものだ、決して先生の蒲団の暖まっているはずがないと打ち消すもあり、議論百出、底止《ていし》〔いきつ

いてとどまること。やむこと」するところも知らなかったが、先生はそんなことには少しも頓着はない。ただ折角に火燵代用火がなくなったのを、痛く歎《こぼ》しておったそうである。

ロシアの髑髏奇談

（一）老伯爵の頓死

この奇談の発端はよほど以前のことである。ロシアのセントペートルスボルグ〔サンクトペテルブルグ〕の南、およそ二〇〇マイルほど離れたある都城に、ラオネルフ伯爵という老貴族が住んでいた。

この伯爵の夫人は未だ年若き美人で、同族中の美男子アルドロップフ伯爵と、密通をしているというような評判もあったが、そのうちに老伯爵は不意に頓死し、間もなく年若き未亡人は、例の美男子アルドロップフ伯爵と結婚を遂げたので、その評判はますます高くなり、あるいは両人共謀の上、老伯爵を毒殺したのではあるまいかとの風説も立ったたが、何をいうにもその頃は警察制度も極めて不完全なので、別に厳密《きび》しき詮議をするというでもない。老伯爵はそのまま、チルレング山の墓場の底に葬られて、その死骸もやがて白骨となった頃は、世間の風評も全く消え去り、両人はいと平気な顔で、楽しき月日を送っていた。

しかるに老伯爵が死んでからちょうど一一年目のことである。露国の大検事トローエルという人が、セントペートルスボルグ〔サンクトペテルブルグ〕を発してこの都城《みやこ》に来たり、ある日のこと、ラオネルフ老伯爵を葬った、チルレング山の墓場の辺《ほとり》を通っていると、何物かコッソリコッソリと自分の後へついて来る様子なので、ハテ変だなと振り返って見ると、たちまち黒い衣を纏う一人の老紳士が、風の如く走り近づき、大検事の耳に口を寄するようと見えし、

「大検事よ、ラオネルフ老伯爵の墳墓《はかば》を発掘してご覧なさい。きっと非常な大犯罪が発見されましょう」

と言って、掻《か》き消す如く何処《どこ》かへ隠れてしまった。

(二) 十一年以前の白骨

大検事はいと不思議に思ったが、何にしても容易な言葉ではない。そこが検事の職務を重んずる人なので、直ちにこの都城《みやこ》の警官を呼び集めて、ひそかに老伯爵の墳墓《ふんぼ》を発掘してみたが、何をいうにも既に一一年の星霜を経て、現れ出でたる白骨は、頭蓋骨と手足の骨とは別々になり、たとえ毒殺されたにしても、その証拠の遺《のこ》っていようはずはなく、また別に刃傷《にんじょう》を受けたと覚しき傷痕《きずあと》も、骨には残っていないので、詮方なく再び墳墓に埋めて、己がホテルへ帰って来たが、どうも不審で堪らぬ、それにしても、かの怪しき老紳士は何者であろう、なんのためにあのようなことを言ったのであろう。ことによると、無益に人を騒がせる、好奇男《ものずきおとこ》の悪戯《いたずら》であったかも知れぬなどと、その翌日も様々のことを思っていると、午後の三時頃ホテルの番頭が急ぎ足に入って来て、

「唯今一人の老紳士が、門口《かどぐち》でちょっとあなたにお目にかかりたいと申しています」

と、言うので、大検事は小首を傾けながら、直ちにその場に赴いてみると、少し日影に

なった門口にしょんぼりと立っているのは昨日の老紳士だ。やはり真黒な衣を纏っている。

「オヤ、貴方は――」

と大検事が叫ぶより先に、その老紳士は昨日と同じように、風の如くツト進み寄り、大検事の耳許に口を寄するようと見えし、

「大検事よ、貴方はまだ充分に職責を尽くしたとは申されません。大犯罪を発見するためには、何故あの頭蓋骨を打ち砕いてみません」

と言うかと思うと、いつの間にか影も形も見えなくなった。

大検事はいよいよ思い惑ったが、そう言われてみると、あるいはあの頭蓋骨の中には、何か犯罪の秘密が潜んでいるのではあるまいかと気がついたので、再びケルレング山の墳墓を発掘して、老伯爵の遺骨の中より頭蓋骨を取り出し、今や鉄槌をふるって、その髑髏を微塵に打ち砕こうとしたが、ふと見ると、不思議だ、その髑髏の後頭部には、一本の釘が深く打ち込まれてある。既に幾年月を経て真赤に錆びているが、なんでもよほど鋭い鋼鉄製の釘だ。この釘一本でもう犯罪の証拠は充分である。

（三）令夫人の死刑

大検事は直ちに招喚状を発して、アルドロッフ伯爵と、今はその妻なる伯爵夫人とを審判庁に呼び寄せた。

アルドロッフ伯爵は何か後暗いことがあると見え、審判庁へ来るとともに、少なからず顔色を変えているが、この伯爵夫人は、なかなか尋常な女ではない。少しも恐れる気色はなく、被告人の席へは座ろうともせず、さも汚らわしいと言わぬばかりに、

「なんのために身分ある私共を、このような処へお呼びになったのです」

大検事は冷やかに笑いながら、

「他でもありません、一一年以前に、貴女《あなた》の元の良人ラオネルフ老伯爵が変死を遂げたことについて、一通りおしらべ申さねばならぬのです」

伯爵夫人はきりきりと、眉を動かして、

「なんですと、ラオネルフ老伯爵の死は決して変死ではありません。その時尋常の頓死

として葬られたではありませんか。しかるに一一年も過ぎ去った今、なんの証拠があってそのようなことを言われるのです」

と既にどんな証拠も全くないものと思ってか、声の調子もハッキリとしている。

大検事はきっとなり、

「伯爵夫人、ラオネルフ老伯爵の肉体は、既に一一年前に死にましたが、その霊魂《たましい》は未だ死にませんぞ。昨日以来幽霊となって、すべての秘密を私に知らせました」

と言いつつ、かの髑髏を取り出し、その古釘の痕を指して、

「アルドロッフ伯爵および夫人、これは老伯爵の髑髏《されこうべ》ですぞ。この後頭部へこの釘を打ち込んだのは何者でしょう。貴方がたは、よもやこの古釘を知らぬとは言われますまい」

かく言われても伯爵夫人は、なおも図太く言い紛らそうとしたがアルドロッフ伯爵はこの一言を聴くより真っ青になり、もはや堪え兼ねて、ことごとくその旧罪を白状した。

その白状によると、ラオネルフ老伯爵を殺したのは、果たしてこの両人であった。今より一一年前、ちょうど今月今日、夜もしんしんと更け渡る頃、両人はラオネルフ老伯爵の寝所に忍び入り、かの鋭い釘を一《ひと》思いに老伯爵の後頭部に打ち込んで、その息の根

を止めたのである。鋭い釘は深く頭髪に蔽われているので、何人も気づかぬうちに、ケルレング山の墓場に葬られ、既に一一年の星霜は過ぎ去って、もはやその白骨も消えなんとする時、図らずも旧罪露顕とは、真に不思議の極《きょく》ではあるまいか。

両人は直ちに死刑の宣告を受けた。もっともその時分の死刑は惨酷である。両人共目隠しをされて後向きになり、かつて老伯爵を殺したと同じように、ポンと五寸釘をその後頭部に打ち込まれてバッタリとたおれた。

大西洋の人魚奇談

　ポルトガルの一商船が大西洋の只中《ただなか》で破船して、船長は自殺を遂げ、一等運転手《チーフメート》は波に攫《さら》われ、僅か七名の乗組員が、一艘の端艇《ボート》に乗って、水や空なる大海原を漂流したことがある。

　四日四晩というものは、いずこへ流れ寄らん島とてもなく、一同絶望の顔を見合せていると、その五日目の真夜中のことである。月は朧《おぼろ》で風寒く、波はジャボンジャボンと舷をたたいて、真に物凄い光景であったが、この時たちまち前方の海上に当たって、ツーと波間に現れたものがある。髪ふり乱した真白な顔の女の姿だ。一同はヒャーと叫んで、船長の幽霊が現れたとおののくもあり、海の怨霊が祟《たた》りをなすのだと顔色を失うもあり、しばらくは生きた心地もしなかったが海面に現れたのは、その実、幽霊でも怨霊でもなく、絶海の果てでは、折ふし見ることの出来る、人魚という一種変怪なる動物であった。

この人魚は腰から上は裸体婦人の姿で、腰部《ようぶ》以下は純然たる魚類である。もしこなたから抵抗さえしなければ、決して人間に害を加えるものではないとのこと。そこで一同は、この怪物が人魚であると心つくや否や、言い合わしたように顔を蔽《おお》って船底に蹲《うずく》まると、果たして人魚は何等の害をも加えず、却ってこの端艇を安全なる場所に導かんとするもののごとく、端艇の舳《へさき》に近く半身を現したまま、振り返り振り返り東の方角を指して波上を泳いで行くと、不思議なるかな、端艇は別に綱をつけて曳かるるというわけでもなけれど、人魚の進み行くがままに、その後を矢のごとく疾走して、それから五時間ほどして、とある島の辺《ほとり》まで来て夜が明けると、人魚は掻き消すごとく波間に見えなくなった。

そののち七名の者は恙《つつが》なく本国へ帰ることが出来たが、逢う人ごとに私どもは人魚のために、危うき生命《いのち》を救われたのですと語っていたそうである。

インド洋中　海底の亡魂

（一）波間の悲劇

大西洋の人魚奇談で思い出したが、ここに戦慄すべき一場の悲話がある。

インド洋の波は碧玉《へきぎょく》を堪《たた》えしごとき、マダガスカル島〔西インドにある世界で四番目に大きな島。現マダガスカル共和国〕の西海岸に、エルミヤと呼べる年若き海女《あま》が住んでいた。海女とは海底に潜って、魚類や貝類を漁《すなど》って来る職業である。かかる荒仕事をするにも似ず、この辺では評判の美人。

このエルミヤに一人の情人があった。その名をマーチスと呼び、これまたなかなかの美男。

ある日のこと、この二人は舟を浮かべて、少し離れたアンドル岬の鼻を廻り、油を流せるごとき波上に錨《いかり》を投じ、エルミヤが海底に飛び込めば、マーチスは船中にあって、四方《よも》に心を配っている。黒髪長く、肌は玉のように美《うる》わしき女の姿が、波間に沈んでは浮かび、浮かんではまた沈む風情はなかなかの奇観《みもの》であったが、その第四番目に飛び込んでから、しばらく経っても出て来ない。およそ五分間ほど過ぎ去って、まだ出て来ない。

マーチスは気を揉んで、すぐさま裸体《はだか》になり、愛する女の後を追って海底に潜り込んでみると、驚くべし。今にも一頭の大ワニは、エリミヤの奇麗な体の胴中《どうなか》を噛《くわ》えて、海底の巖石《いわ》と巖石《いわ》との間に引き込むところだ。エリミヤは苦痛に堪えず歯を喰いしばり、手足をもがいて、男の方に向かって救助を求めたが、マーチスはそれどころではない。びっくり仰天、青くなって船中に這い上がり、ああ可愛そうに、済まぬことだとは思ったが、とても助け出す道もないので、恋人をそのまま見殺しにして、矢を射るごとく、もとの海岸に漕ぎ帰った。それはちょうど午後の三時と四時との間であった。

するとその夜から、変幻怪異の出来事が、アンドル岬の付近の海上に起こった。シーンとした真夜中に、それはそれは物凄い女の泣き声が、ヒーヒーと波にひびいて聴えるかと思うと、何物もいないはずの遥か沖の離れ島に、二つ三つ青い光の見えることもある。更に恐るべきは漁船がもし午後の三時と四時との間に、海女《あま》のエリミヤが横死を遂げた海上を通りかかると、きっとその時刻に限って、なんの理由もなく急に船足が停《とま》り、同時に真蒼《まっさお》な浪は、底の底まで見え透《す》くようで影でもなく形でもなく、怨みを帯びた女の姿が、波間にありありと見えるのである。初めは人魚が泳いでいるのであろうと語った人もあったが、そんなに人魚が、いつも同じところを泳いでいるはずもなければ、必ずエリミヤの亡魂《ぼうこん》が、その海底に残っているに相違ない。

（二）白い女の腕

美男のマーチスは青くなって海上から逃げ帰ってのち、その噂を聞いて、戦慄恐懼《せんりつきょうく》したことはいうまでもない。

エリミヤがワニに噛み去られる時の、物凄い顔が今もなおありありと眼《まなこ》に残っているので、その当時は一歩も戸外へは出ぬほどであったが、そういつまでも、仕事を休んでいる訳にも行《ゆ》かないので、かの珍事があってから、ちょうど三日目のことである。仲間の漁師等《ら》と船を操って沖に出で、その帰途件《かえりみちくだん》の海上まで来かかると、時刻は正に午後の三時と四時との間で果たして船はその場にピッタリと停り、一同の漁師等は声を揃えて、

「あれあれエリミヤの亡霊が、亡霊が」

とおののき騒ぐので、マーチスも思わず知らず舷《ふなべり》に寄りかかり、おずおずしながら海面を見おろすと、マーチスの眼にはそんな姿が見えなかったが、途端、真白な手が、直ぐ眼の前の波間から現れて、男の首筋に絡みつくがごとく、そのまま海底に引き込んでしまった。

エリミヤの亡霊が、マーチスを海底に引き込んだのは、彼を愛する一念が残っていたためか、それとも自分を見殺しにした、怨恨《うらみ》に報いんがためであったかも分からぬが、とにかく身の毛もよだつような話である。

スイス山中の水車小屋

(一) 一人の旅人

スイスのビエス〔ビエンヌ〕山中のごく淋しい谷間に、一軒の水車小屋が立っていた。水車の音はゴトンゴトンと、春夏秋冬絶間《たえま》もなく廻っていたが、ある日のこと一人の旅人が、少し離れた小山の上から眺めていると、何故とも分からぬが、水車の回転が急に停《とま》った。ハテ変だなと思っているうち、しばらくすると、キキーと凄まじい音がして、水車は二、三尺静かに廻った。廻ってはまた停り、停ってはまた廻る。どうもその様子が尋常《ただ》ならぬので、旅人は急ぎその場に赴いてみると驚くべし。一頭の真っ青な大蛇が、水車の心棒に巻き込まれ、真紅《くれない》の舌を吐いて苦しんでいたが、水車は激流のために強いて廻ろうとするので、キキー、キキーと凄まじい音のするたびに、大蛇の身体はずだずだに千切れ、見る間に下流へ押し流されてしまった。

大蛇が千切れて死んで下流へ流れ去るとともに、水車は再びゴトンゴトンと威勢よく回転を始めたが、どうもその響きも以前とはよほど異なっているようだ。

「実に物凄いことだ。この家に恐ろしい祟《たた》りがなければよいが」

と言って、旅人はそのままここを立ち去ったが、果たしていくばくもなく、水車小屋の主人は、長き上衣の裳《すそ》を水車に巻き込まれて、悲惨なる最後を遂げ、続いて妻君は頭の毛を絡《から》まれて、水車の下になり、一人息子のチャモンドは、片手を捥《も》がれて、その出血のために死んでしまった。

(二) 一編の弔詩

この一家が死に絶えてのち、その営業を譲り受けた者もたくさんあったが、半年と無事に続いた例《ためし》はなく、いずれも水車のために、不思議なる横死《おうし》を遂げるのである。いくら用心をしても駄目だ。あたかもその辺には、何か悪霊でも潜んでいるようで、ふとした拍子にたじたじたじと、水車の側によろめきかかるが最後、キキーという凄まじい音とともに、紅い血はたらたらと、やがて下流に流れ去る人間の死骸は手も足もなく千切れているので、人間とも大蛇とも分からない。かかる変幻怪異なことが続くので、しまいには誰もこの水車小屋に住む者はなくなった。実際大蛇の祟《たた》りだかどうだかは分からぬが、よほど不思議なことである。

この水車小屋は今もなお、ビエス〔ビエンヌ〕山中に草に埋もれて残っている。現にスイスの有名なる某詩人は、その物凄い跡を弔って、「大蛇の怨霊」と題する一編の長い詩を作ったほどだ。

ロシアの迷信嬢

ロシアの一富豪の娘にウィルナ嬢というのがあり、年の頃は、一八、九。なかなかの美人ながら、生来迷信《うまれつき》強くして、いろいろのことに気を揉《も》む性質である。

ある日のこと、親しい友の二、三人と炉を囲んで、演劇《しばい》の噂などさも面白そうに騒いでいたが、急に何事か感じたか、あっと叫んで、泣きながら母親の側へ走って来た。母親は痛く打ち驚き、何故に泣くやといろいろ問うたけれど、ウィルナ嬢は何事をも答えず、そのまま重い病の床に臥《ふ》して、どうしても枕が上がらぬ。両親の心配は言うまでもなく、国内の名医という名医の診察を乞うたが、病名も分からなければ、医薬の投じようもなく、そのうちに嬢の病は日増《ひまし》に重《つも》るばかり。しまいには名医もことごとく匙《さじ》を投げるほどになった。

そこへヒョッコリとやって来たのは、評判の薮医者のハントロフという男である。どうか私にも見せて下さいと頻りに乞うて止《や》まぬ。こんな奴に見せたとてどうなるものでもなけれど、今の場合なれば試みに診察を許すと、元より閑散〔することがなく、ひまなこと〕なる薮医者先生のことなれば、朝から晩まで嬢の枕許に詰め切っているが、別に薬を盛るでもなく、診察をするでもなく、火鉢にしがみついたまま、灰に横文字を書いたり、鼻糞を捻《ひね》ったり、頭を掻《か》いたりして、ただきょろきょろと嬢の顔を眺めているばかり。まことに薄気味の悪い奴である。

富豪の一家では飛んだ奴が舞い込んで来たものよと片腹痛く思ったが、まさかに追い出すわけにもゆかず、そのまま一週間ばかり過ぎ去ると、不思議なるかな嬢の病は、この薮医者が火鉢にしがみついている間に、だんだんと薄らいで来て、いつの間にかケロリケンと癒《なお》ってしまった。

両親は非常に喜悦《よろこび》のうちにも不思議でたまらぬ。実際のところ、薮医者先生も合点がゆかぬのだ。そこで、ことの次第はと嬢に問うと、嬢は顔を赤らめながら、

「実はこうなんです。わたしは幼少の時分に寺院の和尚様から、どんな人でも爪を噛《か》ん

で火に投げ入れるときっと狂気《きちがい》になる。もしそのことを他人に話せば、その場で死んでしまうと聞いたのです。真面目な和尚様のおっしゃることだから、決して間違いはないと、信じているので、過《すぐ》る日お友達と談話中、わたしは過《あやま》って爪を噛み、何かの拍子に火の中へ投げ入れたのです。サァ大変をした。これで狂気になることかと思うと、泣いてもなかなか追いつきません。お母さんがいろいろお問いなさったけれど、あからさまにお話し申せば即死するのが恐しく、それが苦になって、ついに重い病の床につきましたので、どんな名医のお薬を飲んでも、とても全快の望みはありませんでしたが、この薮――イエ、このお医者様がお出でになってからこのかた、別にお薬を頂戴するのではないけれど、わたしの枕許に座ったまま、よほどお退屈のご様子で、爪を噛んでは火の中へお入れになる。それが一度や二度ではありません。オヤオヤこの先生もあんなに爪をお焼きになっては、きっと大変な狂気におなりだろうと思っていると、翌日も平気な顔でお出でになる。その次の日も平気な顔でお出でになる。さてはわたしの信じていたことも嘘であったと思うと、急《にわか》に心丈夫になって、病気《やまい》も自然になおった次第であります」

理由《わけ》を聴いてみると、イヤハヤ馬鹿気切ったことである。しかしこの藪医者先生がいなかったならば、ウィルナ嬢は危く生命を棒に振るところであった。シテみると藪医者もまた世界の有要動物なるかな。

この物語は幽霊怪談に直接の関係はないけれど、人間の迷信のいかに奇妙なるやの一例にまで、ちょっとここに記しておく。

ネーブルス湾頭　何者の墳墓ぞ

（一）これ人間の墓にあらず

イタリアのネーブルス〔ナポリ〕港をさることほど遠からぬ海岸に、風光佳絶なる一個の岬あり、その岬の鼻には、いつの時代に建てられたものか、一基の小さな墓石が立っていて、青苔《こけ》の生《む》したるその墓石の表面には、

「これ人間の墓にあらず」

と微《かす》かに読まれるのである。人間の墓でなくば、何物の墓であろう。古い歴史をしらべてみても、そのことについては少しも記してはない。思うに蛇性の動物でも葬ったものであろうか。何しろよほど因縁の深そうに思われるので、数百年以来何人も恐怖《おそれ》をなし

て、手を触れる者はなかったが、今度この国へ新任して来たフランスの公使というのはよほど文明的の紳士なので、ある時この地方に遊び、その景色がいたく気に入ったので、数万金をなげうって岬の地所一面を買い入れた。

その買い入れた地所の一隅には、かの「人間の墓にあらず」という墓が立っているのである。どうも邪魔になってたまらん。そこでフランス公使は、多くの人々の諫《いさ》め止めるにもかかわらず、直ちにその墓石を取り毀《こぼ》って、その跡へ美々《びび》しく造営《つくりた》てたのは、ゴシック風の一軒の別荘である。

その当時はなんの異変もなかったが、それから四ヵ月ほど過ぎてのちのことである。ある日のこと、別荘の周囲を検べてみると、実に不思議千万とも言うべきは、その別荘の北向きの一角、即ちかの墓石を取り毀って、直ぐその跡へ基礎《ねだいし》を置いた一室は、まだ建築してから間もないのに、軒は朽ち庇《ひさし》は落ちて、幾千年の星霜を経《へ》たかのように、真に見る影もなくなっていた。

不思議はそれに止《とど》まらず、その後しばしばこの別荘のガラス窓が、シカモ昼の真唯中に、なんの理由もなくピンと微塵に砕けることがある。またある日のこと、かのフランス公使は鳥銃《ちょうじゅう》〔鳥をうつ銃。小銃〕を手にして、この家の周囲を廻っていると、不意に一羽の白いカモメが、直ぐ眼の前へ飛んで来たので、直ちに鳥銃を取り直して一発射放《いはな》すとカモメはバタバタバタと、羽音高く岬の一端に落ちたので、しめたりとその場に赴いてみると、確かに射留めたはずのカモメは影も形もなく、そこには自分の愛する娘のエレンというのが、ハンカチーフを顔に押し当てて、銃丸は深く心臓を貫き、朱《あけ》に染って死んでいた。

（二）一束の毛髪

重々《かさねがさね》の怪異に、さすがのフランス公使もいたく懼《おそ》れおののいて、まもなくその別荘は売り物に出た。

するとその売り値段の格外に安値《やす》いので、直ちにそのあとを買い求めたのは、同国の貴族のリミニー伯爵という人である。あまたの家族を引き連れて、景気よく引越して来たその夜のことである。顔に白いハンカチーフを押し当てた一人《いちにん》の美人が、朱《あけ》に染って怨めしそうに、家の周囲をぐるぐると廻っていたが、草木も眠る夜半の一時三〇分頃、どこからともなく一団の怪《あやし》の火が飛んで来て、見る見るうちにこの別荘を焼き払ってしまった。

別荘を焼き払ったのは、フランス公使の令嬢の怨霊の仕業だと伝えられた。とにかく事件の顛末がすこぶる怪しいので、その地方の警察官は一同評議の上、別荘の焼け跡のかの墓石の存在していたとおぼしき辺りを、発掘してみると、地下およそ一丈二、三尺のところから、一個の巨大《おおき》な鉄の甕《かめ》が現れた。一同は恐る恐るその甕の蓋を開いてみると、大方何物かの白骨が現れるであろうと思いのほか、ただ一束の女の髪の毛の入っていたばかり。

これ人間の墓にあらずという墓石の底から、人間の髪の毛の現れるさえ不思議であるのに、エレン嬢の横死といい、別荘が怪しい火のために焼けたことといい、これには何かよほど深い因縁の潜《ひそ》んでいるのではあるまいか。

シナ怪談　空中の白刃

シナ〔中国〕の国に玉泉和尚といえるごく剛気な坊主があった。死んでもただは死なぬという、人間である。ある時錫杖《しゃくじょう》の杖をついて、カチクリ、カチクリと、撫州《ぶしゅう》の山路を来かかると、不意に物陰から一人の強賊が現れて、物をも言わず一刀の下《した》に和尚の首を斬り落とした。首はころころと転がる。死骸はバッタリと倒れるかと思いのほか、やにわに両手を延してその首を拾い上げ、再び自分の肩に載せるとそのまま、巨眼を見開いてクワッと強賊《ごうぞく》の面《つら》を睨んだ。

その物凄いことは話にもならん。さすがの強賊もびっくり仰天、刀を担《かつ》いで逃げ出したが、とても逃げおおせる次第のものではない。和尚の死骸は疾風のごとくその後を追いかけ、躍りかかって刀をもぎ取ると一声、思い知れとばかり、袈裟《けさぎ》斬りに強賊を斬り倒した。

強賊を斬り倒すとともに、和尚の首は再びコロリと地に落ちて、同じくその場に倒れて死んだのである。それからのち、この山路を通る旅人は、折ふし何物もいないのに、ただ一本の刀のみが、空中にキラキラと舞っているのを見かけるそうである。

フランス　役者の生首

中国怪談「空中の白刃」に似た話はフランスにもある。

フランスのある劇場にごく仲の悪い二人の役者があった。一人をロジアといい、他の一人をドロメンノと呼んでいたが、その反目すること犬猿もただならず、ドロメンノはどうしてもロジアの生きている間は、自分の出世の妨げになると思ったので、ある日のこと、ひそかに様子を窺って、ロジアが何気なく泉水の側で、水中の魚を眺めているところを不意に背後からその首を斬り落とした。するとその首は地に落ちながら、急に振り返って鮮血を曳《ひ》いたまま、ドロメンノの刃を握れる右の手首に噛みついた。

ドロメンノは驚いてその首を引き放そうとしたが、どうしても放れぬので、刃《やいば》でその歯の周囲《まわり》をえぐって、ようやくのことで取り放し、死骸もろとも泉水の中へ蹴落として、真っ青になって我家へ帰って来たが、その夜から大熱を発し、ロジアの生首に噛みつかれた傷所は、紫色に腫れ上がり、どんなに治療をしても駄目だ。その傷口から腐敗が全身に及び、悶えに悶えて死んでしまったそうである。

セルヴィア国　属官の気死《きし》

神経の作用がごく健全な人を、見る間に殺すということについて、ここに不思議の一例がある。

セルヴィア国〔セルビア共和国〕の首府ベオグラード市のある官省に、アデスと呼べる一人の属官《ぞっかん》〔下級の役人〕がいた。就職以来二〇年にもなろうというのに、いまだかつて一度も官省を休んだことがない。ほとんど病気ということを知らぬほど健全な人であった。

どうもこんな人はとかく憎まれやすいもので、同役の四、五人は、何とかしてあの男を一日休ませてみたいものだと、ある日のこと計略を設けて、属官のアデス先生が退省の時刻を見計い、その帰途のところどころに待ち伏せをしていると、かくとも知らずアデス先生は、いつもの退省の鐘の鳴るとともに、古びた帽子を冠《かぶ》ってコツリコツリと官省の門を出かかると、不意に一人の同役が物陰から現れ、

「オヤ、アデスさん、どこか悪いのではありませんか」

と言ってじろじろとその顔を眺めた。

「いいえ」

と答えて、アデスは別に心にも留めず、二、三町行きかかると、またもや一人の同役はつかつかと、進んで来て、

「アデスさん、何処《どこ》かお悪いのでしょう。どうもお顔の色が変だ。この頃はぼつぼつコレラが流行りますぞ。お注意をなさい」

と気味悪そうに身を除《よ》けて行き過ぎる。

アデスはハテ変なことを言う人かなと思いながらも、なんだか急に胸の辺がむかむかして、我にもあらず呼吸をはずませつつ、家路を指して急ぐと、第三番目に近づいて来た同役の一人は、アデスの顔を見るや否や、

「ヤー、貴方のお顔の色は真ッ青だ、どれ、脈をお見せなさい」

と言いながら、急に脈を取り、

「脈拍は四〇、大変大変、コレラですぞ。早く病院に行かねばなりません」

と鋭く叫ぶと、この一言を聴くとともに、アデスはウンと一声悶絶をした。担架に乗せられて、家へ帰ると直ぐ大熱を発し、その夜のうちに死んでしまったそうである。

全く神経の作用が健全な人を殺したのだ。こんな悪戯《いたずら》は決してするものではない。

奇なる猫塚

東京の向島〔東京都墨田区〕に一人の女隠居が住んでいた。いわば楽隠居という身分で、土蔵付の立派な家に住い、一匹の白猫を飼っていた。この隠居がその猫を愛することは非常なもので、しばしば芝居見物にまで携えて行くほどであったが、ある日のこと、不意に猫の行方が分からなくなった。

いくら探しても知れぬ。隠居の失望はいわん方なく、それを苦にした訳《わけ》でもあるまいが、重い病の床に臥《ふ》して、身動きすらも出来ぬほどになった。

しかるに隠居が病床に臥してから一週間ほどのちのことである。かねてしばしば見物に行った劇場の若者が、この家の勝手口へ来て、揉手をしながら、

「えい、昨日は御当家の御隠居様が、私どもの劇場へお出で下さって誠にありがたきし

あわせでございます。その節勘定は明日取りに来いとのおおせでございましたから、さっそくながら参上いたしました」

と言いつつ、一枚の勘定書を差し出した。

こなたでは一同不審でたまらぬ。

「御隠居様は一週間ほど以前から重い病にかかって、昨日あたりは前後不覚という仕末、なかなかもって芝居見物どころの騒ぎではない。それは何かの間違ではありませんか」

と眉をひそめると、劇場の若者は当惑顔に、

「いえ、全く御当家の御隠居様に相違はありません。現に私が桟敷《さじき》までご案内申したのであります」

と言う。

「それではどんな衣服を着ておりましたか」

と問うと、

「はい、確か市楽《いちらく》〔一楽織。綾織にした精巧な絹織物〕の三枚重《がさね》に、黒の紋《もん》羽二重《はぶたえ》の被布《ひふ》召

してありました」

と答える。なるほどそう言われてみると、市楽の三枚重に、黒の紋羽二重の被布は、隠居の最も好みの扮装なので、

「実に不思議千万なこと、それでは大方何者かが、件の衣類を盗み出し、御隠居様の風を装って、劇場へ紛れ込んだことであろう」

というので、一同はすぐさま土蔵の衣類のつづらを検《しら》べてみると、こはそもいかに、こはいかに、市楽の衣服も紋羽二重の被布もちゃんとしてあるが、その衣服と被布との間には、過ぐる日行方を失った白猫が両眼を開いたまま死んでいた。

まさか猫の魂が、御隠居様の衣服を着て、芝居見物に行ったというわけでもあるまいが、よほど不思議な因縁なので、その衣服とともに猫を厚く葬ってやった。すると猫を葬ってしまうとちょうど同じ時刻に、御隠居様は安々と息を引き取ったそうだ。その猫塚は今もなお、白髯《しらひげ》〔東京都墨田区〕の辺に残っているとのこと。

ギリシャ美人の逆埋《さかうめ》

(一) カメルナの行方

ギリシャのサロナ市〔ギリシャ共和国フィキーダ県の県都アンフィサの古名〕に、カメルナと呼べる奇麗な娘が住んでいた。その継母のハモタというはごく悪い女で、始終カメルナを苦しめていたが、カメルナはよく忍びこらえて、一言もそのことを他人には洩さなかったので、何人もハモタを、そうまで悪い女とは思っていなかった。

しかるにカメルナの父親が、二週間ほどアゼン〔アテネの古名〕地方に旅行して家へ帰ってみると、その留守中にカメルナは家出をして、いかに捜しても行方が分からぬ。カメルナに限ってそんなことをする女ではないがと、いと不審に思っていると、カメルナが家出をしたという日から、ちょうど四十九日目の夜のことである。その一家がとある一室に寄り合って、父親はさすがに娘のことを憶《おも》い出し、

「ああ、カメルナは今頃どこにいるのであろう。何故家出などをしてくれたのであろう」

と思わず涙ぐんで愚痴をこぼすと、継母のハモタは冷やかに、

「あなた、そんなことをおっしゃったって仕方がありません。家出をするような不心得の娘は、どこへ行ったってよいではありませんか。カメルナはきっと情人《おとこ》を拵《こしら》えて、テッサリーの方へでも逃げて行ったのでしょう。その証拠にはこの娘がいなくなるとともに、わたしの財布やその他あまたの貴重品がなくなりました」

と言った。

するとその言が終わるか終わらぬのに、たちまち室《へや》の一方の柱がぐらぐらと動き、風もないのにランプの光は、青い焔を発してだんだんと暗くなり、あらと思う途端、今も談話《はなし》の中なるカメルナの姿は、ぼんやりとその柱の側に立ち現れ、薄絹の衣を纏った美《うる》わしき姿は、両手を顔に押し当ててさめざめと泣いている。

（二）娘の復讐

父親は懐しさに堪えず、

「オオ、娘か」

と言って走り寄ろうとすると、カメルナの姿は急に片手を振り、

「お父さん、決してわたくしの側へ近づいてはなりません。わたしはもう現世《このよ》の人ではありませんよ」

と言いつつ、恨めしそうに継母《ままはは》の方を眺め、

「わたしは本当に不幸な一生を送りました。けれど何事も因果と諦めて、決して他人の罪悪をあばくつもりではありませんでしたが、継母《ままはは》さんの今のお言葉はあんまりです。いつわたくしが情人《おとこ》を拵《こしら》えました。いつ貴女の財布を盗みました。そのような汚名を受けては、安らかに天国へ帰ることが出来ませんから、このような姿となって何事をも申しません。お父さん、わたしは決して家出をしたのではなく、貴方のお留守中に、継母

さんのために殺されたのです。嘘と思召《おぼしめ》さば、どうかこの柱の許を掘ってご覧なさい」

と言い終わって、その柱の許を指したまま、掻消《かきけ》すごとくに消え去った。

カメルナの幽霊の消え去るとともに、ランプの光は再び明るくなって来たが、見ると継母の顔色は真っ青だ。しきりに唇を慄《ふる》わしながら、幽霊の無根《むこん》〔根拠のないこと。事実ではないこと〕を唱えたけれど、父親はどうしても聴かぬ。直ちに警察官の臨検を請うて、その柱の許を掘ってみると、果たしてカメルナの奇麗な姿は、鋭い剃刀《かみそり》で咽笛を断ち切られ、裸体《はだか》のまま真逆様《まっさかさま》に地の底に埋めてあった。

言うまでもなく継母のハモタはその場に捕縛になり、まもなく死刑に処せられた。

梢の三尺帯の始末

一〇〇年ほど以前のことである。仲間《ちゅうげん》〔足軽と小者との中間に位置する奉公人〕の松三《まつぞう》という男が、殿様の御用で急飛脚に立ったことがあった。身軽な扮装《いでたち》で状箱を肩に掛け、朧月夜《おぼろづきよ》を飛ぶように来かかったところは、東京のお茶の水河畔は今とは違い、その時分の物淋しいことは限りがない。その橋の辺《ほとり》まで来ると、松三は何故か急に死にたくなった。どうしても堪《たま》らない。これがいわゆる死神につかれたというものであろう。ほとんど無我夢中にて河畔の大木の梢によじ登り、きょろきょろしながら三尺帯を解いて、とある横枝に引っ懸け、あわや首をくくらんとする時、バッタリと下に落ちたのは、自分の肩に懸けたる状箱である。この状箱の落ちると共に、松三はハッと心づいた。

イヤ、俺はまだ容易には死なれない。殿様の大事な御用を果たさぬうちに死んでは末代までの恥辱なり、何はともあれこの状箱を先方へ届けてのち、いずれ死ぬものならば再びここへ帰って死のうと思ったので、やにわに梢から滑り降り、帯をも結ばず一目散、首尾よく御用を果たしてのち、またもやふらふらとここまで帰り来り、ふと先刻の大木の梢を見上げると、こはそも如何《いか》に、こは如何《いか》に、自分が遺して置いた梢の三尺帯に懸かって、はや一人の坊主が物凄い顔をして縊《くび》れ死んでいた。

松三はこのさまを見るより真っ青になり、もう死ぬ気も何もなくなって、這這《ほうほう》の体《てい》〔今にも這い出さんばかりの様子〕で我家へと馳せ帰ったが、それからのちは、一生涯お茶の水河畔を通らなかったという話である。

滑稽なるブランコ往生

「飛脚の死神」とはよほど異なっているが、ここに一場の滑稽な話がある。

伊豆の国に市松と呼べる一人の魚屋が住んでいた。ある朝のこと盤台を担いで、海浜に近き松並木の端《はず》れまで来かかると、何かなしに世の中が味気なくなり、急に死にたい気持ちがして、側《かたわら》の松ヶ枝に細帯を釣して首を縊《くく》ろうとしたが、どうも首つりの勝手が分からぬ。いろいろと苦心の最中、そこへヒョッコリと、やって来たのは、同じ魚屋仲間の源助という男である。このさまを見るより、

「オイ、市さん、何をするんだい」

と驚いた顔して、そのそばへ走って来た。市松はかかるところを見つけられて頗《すこぶ》るきまりが悪く、

「イヤ、何、首つりの真似をしているのだが、なかなか難しいものだ。一体どうすればうまく首が縊《くく》れるのだい」

と問いかけると、源さんは少々変人である。

「それは訳もないことさ」

と言いながら、自分も冗談のつもりで、盤台を重ねてその上へ這い上がり、松ヶ枝の細帯に首を引っ懸けて、

「オイ、こうするのだよ」

と、勢い込んでポンと足許の盤台を蹴る真似をしたところ、南無三宝《なむさんぽう》？〔驚いた時や失敗したときに発する語。しまった。さあたいへんだ〕本当に蹴倒してしまった。

サア大変だ、うんと一声虚空を掴んでブランコ往生。青い鼻を垂らし、白い眼を剥《む》き出した姿の恐ろしさ。市松はびっくり仰天、急ぎ抱き下ろしてみたが到底助からぬ。馬鹿をみたのは源さんである。お蔭で市松の首縊《くく》りは中止となった。

米国の鉄道怪談

これは米国の鉄道怪談である。

諸君もご存じの通り、同国のブランドン〔アメリカ合衆国フロリダ州南部〕平原の辺は、今なお人烟稀《じんえんまれ》にして、白日《はくじつ》〔ひるひなか。日中〕も寂寥を覚えるほどであるから、その地方へ初めて鉄道の布設されたころは、随分と変な話もたくさんあった。

秋の最中のことである。レジナのステーションを出発した夜行列車は、今しも全速力をもって、草茫々たるこの平原の中央まで来かかると、時刻は夜半の一時過ぎ二〇分、ふと見ると、遥か前方に一点の赤き光が見える。それは他でもない、一列の汽車が同じ鉄道線路の上を、此方《こなた》に向かって猛進して来るのだ。

此方《こなた》の機関手は非常に驚き、続けざまに汽笛をならしながら、どうかして進行を停めようとしたが、全速力で走っているので、なかなか容易には停《とま》らぬ。見る間に両車の間は近づき、あわや大衝突と思いのほか、いつの間にやら彼方《かなた》の列車は影も形もなく、同時に此方《こなた》の汽車は何物をか轢殺《れきさつ》したようだ。

ようやくのことで進行を停めて、その辺を調べてみると、巨大な雌雄《めすおす》の古狸が、レールの上で無残なる最期を遂げていた。

日本では狸が駕籠《かご》かきや飛脚に化けて、人間を欺《だま》したという話もたくさんあるが、汽車に化けた狸はこれが初めてであろう。しかし相手が汽車だけに、せっかくの狂言もめちゃめちゃに轢殺《ひきころ》されたのは、イヤハヤお気の毒千万なことだ。

ベルギーの盲人の怨念

これに似た話はベルギーにもある。ベルギーのマンデル河〔ウエストフランダース州にある川〕に架けたる大鉄橋の上で、ある盲目の老人が轢死《れきし》してから数日後のことである。ゼイルト市を発した夜行汽車が、この鉄橋の手前半マイルばかりのところに来かかると、急に鉄橋の上で、

「進行を停《とど》めよ、停めよ」

と夜間信号灯が閃《きら》めくので、機関手は驚いて進行を停めた。間もなく信号灯は消えたので、再び進行を始めようとすると、またもや闇夜に閃めいて、

「進行を停めよ、停めよ」

と信号がある。

何しろ不思議千万なことなので、機関手と車掌とは、汽車をその場に残して、大鉄橋の上に赴いて見ると、なんにもない。ただマンデル河の水音の物凄きばかり。

「なんだ馬鹿馬鹿しい、狐か狸の仕業であろう」

と機関手が言えば、車掌は嘲笑《あざわら》い、

「イヤ、狐狸《こり》の仕業《しわざ》とは思われぬ。きっと先日ここで轢死をした、盲目の老人の祟《たた》りに相違ない。死んでまで汽車の邪魔をするに及ばぬではないか。いい加減に往生をしろ」

と罵《ののし》りながら、二人は踵を廻らして、コト、コト、コト、と二、三歩鉄橋の上を戻りかけると、この時不意に何物か、鉄橋の下から二人の足を攫《さら》ったようで、二人は、

「あっ」

と叫んだまま、泡立つ激流の中に陥込《おちこ》んで、あわれはかなき最期を遂げた。

機関手と車掌とが死んだので、汽車は非常な騒動《さわぎ》の間に、余儀なく一夜はそこに明かしたそうだ。

実際のところ、機関手と車掌とは、足踏滑《あしふみすべ》らして激流の中に落ちたのかも分からぬ。

また信号灯と見えたのは、ホスボラスの作用であったかも知れぬが、現状を目撃した人々は皆口々に、盲人の怨霊が汽車の進行を停め、機関手と車掌とを冥土の道連れに連れて行ったのだと、その頃は大変な評判であった。

イスパニアの黒装束

スペインにもこれに類似して、少し滑稽的な話がある。

同国のマドリッド府とアルカンタウ市〔アルカンタラ〕との間に、鉄道が布設《ふせつ》された当時のことである、その鉄道線路に沿ったダガス河の鉄橋の上で、若い男と女とが夕涼みをしていると、不意に汽車が来て、両人は逃げるにいとまもなく、悲鳴を揚げて轢死《れきし》した。それからというもの、毎夜毎夜、鉄橋の辺に人魂《ひとだま》が現れるというので、その近傍の村々では大変な評判だ。

なんでも人魂は、夜の九時から一二時までの間に、橋の麓から現れて、ふーらふーらと空に漂い、やがて河岸の草原の中に、スーと消えてしまうのである。

現にそのさまを目撃した者もたくさんある。実に不気味千万なことなので日の入ると共に誰人《たれびと》として鉄橋の辺に近づく者はなく、子供や婦人はその噂を聞いただけで顔の色を青くしていたが、ここにベーレンと呼べる海軍の予備士官が、その近傍の村に住んでいた。ごく大胆な人なので、どう考えてみても、この世の中に幽霊とか人魂とかいうもののあろうはずがない。一つ事件の真相を発見してやろうというので、噂がパッと高まってからちょうど四日目のことである。何人《なにびと》にも語らず唯一人で、昼のうちからその場に赴き、かねて人魂が消え去るという、河岸の草原の中に身を潜めていると、その夜一時を過ぎる頃、少し離れた堤防の上から、一人細長い男が身には黒装束を着け、手に長い釣竿を提げて、忍び足に此方《こなた》へ近づいて来た。

さてこそと予備士官はなおも息を殺して様子を窺っていると、黒装束の細長い男は、まもなく自分のすぐ前の鉄橋の下まで来て、きょろきょろと四辺《あたり》を見廻しながら、ポケットから一個の白い提灯を取り出し、それにごく微かな火を点じて釣竿の先につけ、スーと鉄橋の上に突き出した。

折から一列の夜行汽車は、疾風の勢いでこの鉄橋の上まで来かかると黒装束の細長い男はここぞと言わぬばかりに、釣竿の白提灯をふーらふーらと空に漂わす。汽車の窓からこのさまを眺めた人は、きっと人魂と思って無気味な顔をしたことであろう。草原の中に隠れていた予備士官は、かくと見るより思わず大声に笑うところであった。幽霊の正体見たり枯尾花《かれおばな》ではないが、枯尾花よりまだ細い痩男がまことに、図太いことをしやがると、やにわ飛び出してその男の首筋を掴んだ。

「ひやッ」

と叫ぶ声、

「うぬ」

と怒鳴る声。しばし大立ち廻りのあげく、とうとうその男を縛りつけて村まで連れ帰ってみると、あに図らんやこの悪戯者こそ、村の寺院の和尚様であった。

和尚様が何故にかかる悪戯をしたかというに、人間の霊魂の不滅ということを吹聴して、あまたの信者を得んがためだと分かった。

何しろ坊主のくせにけしからん奴だと、すぐさま重禁錮五ヶ月に処せられた。

ルーマニア怪談　白椿の一輪

(一) 臨終の約束

ルーマニアの国にきわめて嫉妬の深い妻君があった。悪病にかかって悶えながら死ぬ時、白い眼で夫の顔を凝視《みつ》めつつ、

「お前さん、しっかと聞いておきますが、わたしが死んだあとで、他から女房を貰う気ですか、貰わぬ気ですか。どうか隠さずにおっしゃって下さい」

と真にその声も物凄い。夫は無論如何に返答すべきやを考えているべき場合でない。静かに女房の背中を撫でながら、

「お前が死んだとて、決して他から女房を貰うようなことはないから、そんなことを心

配するより、神様の御名を唱《とな》えて、安らかに天国へ行って待っておいで」

というと、妻君はニタニタと笑いながら、

「ああ、それでやっと安心した。もしその言葉に虚偽《いつわり》があったなら、あとで思い当たることがありますぞ」

と言って、そのまま息を引き取った。

死骸をヘルメル山中〔ルーマニア最高峰のモルドベアヌ山か？〕の寺院に葬り、その当時は夫も再び女房を貰うつもりではなかったが、三年ほどすぎ去るとどうも不自由で堪らぬ。いつか妻君と死際に約束したこともうち忘れて、他から新しく妻君を迎えることとなった。

するとその結婚の夜、新しき妻君と寝台の側で物語をしていると、トントン、トントンと、何者か扉をたたく音が聞こえるので、妻君は静かに立ち上がって扉を開いてみると、色の蒼白《あおざ》めた見馴れぬ女が、ションボリと門口に立っていて、痩《やせ》細った右の手に白《しろ》椿《つばき》の一輪を差し出し、

「これを虚言男《うそつきおとこ》にやってちょうだい。きっと安らかなる夢を結ぶことは出来ません」

と言ったまま、掻《か》き消す如くに見えなくなった。

（二）北向きの窓の垂幕

妻君は不思議に思って、その花を携えて夫の側に帰って来たが、元来この白椿は葬式とか墓参とかに用いる不吉な花なので、今夜結婚を終わったばかりのめでたき席へ、何者の悪戯《いたずら》であろうと、くわしく様子を訪ねてみると、どうもその女の容貌は、三年以前に亡くなった嫉妬深き妻君と寸分も違わぬ。そうかと思うとその翌晩は両人《ふたり》の居間の北向きの窓の垂幕《たれまく》が、風もないのにふーらふーらと動き、色の蒼白めた女の顔が、影の如くに現れて、怨恨《うらみ》を帯びて此方《こなた》の様子を窺っている。

「オー、あの顔ですよ。昨夜白椿の花を持って来たのは」

と新しき妻君は気絶をした。

見ると果たして亡妻の怨霊に相違ない。かかる次第なので、新しき妻君は痛く神経を悩まし、亡妻の怨霊の出る間は、とてもこの家にいることは出来ぬというので、ひとまず里方へ逃げ帰れば、夫とても生ける心地はなく、さまざまと魔除けの法などを、試みてみたが、少しもそのかいはない。そのうちに怨霊の祟《たた》りはますます甚しく、しまいには亡妻《なきつま》の昔の姿そのままに、スーと寝台の上に這い上がり、恨みの数々を述べるほどにもなったので、もはや堪えかね、ちょうど新しき妻を迎えてから二週間目のことである。

夫は憔悴《しょうすい》したる顔を下げて、かつて亡妻を葬ったヘルメル山中の寺院に到り、そこの住職に会ってことの顛末をつぶさに語り、

「どうか亡き妻の霊魂が天に帰って、再びこの世で、浅ましき祟りをせぬようになる工夫はありますまいか」

と言うと、この住職はよほど修練の積んだ和尚である。ことの次第を聞き終わって、じっと憔悴せる夫の顔を打ち眺め、

「一体お前が、亡妻と死際に約束したことを破って、新しき妻を迎えたのが悪いのだ。しかしそれを怨んで、恐しき祟りをなすのも間違っている。よしよし、もしお前が、俺の命ずるあるつらい条件を忍んで聴くならば、必らず一週間以内に、亡妻の幽霊を、再びこの世に現れぬようにしてやる」

と、何か意味あり気に言った。その条件とはずいぶん辛そうなことのように思われたが、今の場合、怨霊退散のためにはどのようなことでも聴かねばならぬ。

「委細かしこまる」

と答えると、住職は直ちに夫を伴って、ヘルメン山の中腹の、亡妻を葬った墓場に到り、その墓場を発掘して、古き棺の蓋を開いてみるともう亡妻の死骸は白骨と変わっている。しかしその物凄いことは限りもなかったが、住職はその棺の中を指し、

「お前はこれから七日の間、白骨を抱いて、その棺の中に身を潜めておらねばならぬのだ」

という。

「え、私がこの棺の中へ」

と、不幸なる夫は真っ青になったが、さりとて否むことも出来ぬので、おずおずしながら棺の中へ身を横たえ、両手でヒシと亡妻の白骨を抱き締めると、住職は数塊《すうかい》のパンと一瓶の水とを差し入れ、

「どのようなことがあっても、七日の間はここで辛抱せねばなりませんぞ。そしてひょ

っとすると、七日目の夜明時分に、亡妻の幽霊がこの墓場へ彷徨《さまよ》って来て、棺の蓋を開け、自分の白骨とお前の姿とを見るかも知れぬが、その時は決して恐れることなく、直ちに右手《めて》を差し出して幽霊の手を握り、そしてきっぱりとした声でこう言わねばならぬ。お前は白椿《しろつばき》の花、わたしは茶梅《さざんか》の花、この世ではもはや同じ月日の下に咲く縁《ゆかり》はないが、来世《あのよ》では必ず一つ園生《そのふ》に香ばしい匂いを放ちましょうと。そうすれば亡妻の幽霊は、その一言と共に幽界遠く消え去って、決して再びこの世の中に現れて来る気遣《きずかい》はない」とかく語り終わって、棺の蓋をピシンと閉じ、上からは少しも土をかけずに、住職のみこの場を立ち去った。

（三）ヘルメル山の墓地

夫が白骨を抱いて棺の中に潜んでいる間も、亡妻《なきつま》の幽霊はやはり夫の家へ現れることを止《や》めない。夜がシーンと更け渡ると、例の通り白い垂幕がふーらふーらと動いて、三年以前の女の姿が、影の如くその場にと現れて来たが、夫の姿が見えぬので、

「オヤ、あの人はどこへ行ったのでしょう、モシ、貴方や、モシ、貴方や――」

と呼びながら、蒼白き顔に髪ふり乱して、スー、スー、スー、と、足音もなく、家中を尋ね廻る姿の恐ろしさ。しかし夫の姿はどこにも見えぬ。見えぬ筈だ。その人は却《かえ》って
ヘルメル山中の自分の白骨を抱いて、必死の思いで棺の中に隠れているのだ。

もし他のところへ隠れたのなら、あるいは見出すことが出来たかも知れぬのであるが、まさか自分の白骨の横たわっているところに潜《ひそ》んでいようとは、幽霊も思い当たらなかったものと見える。これには何かある幽玄なる理由の存《そん》しているのかも知れぬ。

その翌晩もその次の晩も同じように現れたけれど、やはり夫の姿が見えぬので、幽霊の面《おもて》には一種いうべからざる、悲愛《ひあい》と失望の色が、現れた相《そう》だ。

かくてその七日目の晩になると、かのヘルメル山の寺院の住職は、もはや好《よ》き時分と唯一人でかの恐ろしき家に到り、いつも夫の眠る寝台の上に身を横たえていると、その夜も二時か三時ころ、かねて聞く如く亡妻《なきつま》の幽霊が、なおも執念深く現れて来るので、

「ああ、まだ現れるのか。それではいよいよ因果を含めて、無間《むげん》の幽界に落とさずばなるまい」

と呟やきながら、不意に寝台の上に起き直《なお》り、じっと幽霊の恐ろしき姿を凝視《みつ》めながら、

「お前は何物だい。なんの為《ため》にここに来たのだい。ここはお前の夫の家ではありませんぞ。あの小心なる男はお前を愛するあまり、過《す》ぐる七日の間ヘルメル山中の墓場にお前を待っていたのに、お前がそこへは行かず、却《かえ》ってここへ彷徨《さまよ》って来たのは、よくよく現世《このよ》では縁のないものであろう。もうこの上はすべての執念をはらして、天の再会を待つの他はあるまい。もし強《し》いて現世《このよ》の夫を苦しめるものならば、来世《あのよ》においても決して楽しき契《ちぎり》を結ぶことは出来ませんぞ」

と言うと、亡妻《なきつま》の幽霊は髪も衣も戦《ふる》うばかりに、さめざめと泣き沈んだが、あたかも夫の所在に赴かんとする如く、スーと北向きの窓から消え去った。

幽霊が北向きの窓から消え去ると共に、住職は矢の如く、ヘルメル山の墓場を指して走ったのである。

此方《こなた》ではかの不幸なる夫である。住職の命ずるがままに、冷《ひや》やかなる白骨を抱いて、生ける心地もなく、わずかにパンを喰い水を飲みながら、ヘルメル山中の棺の中に潜んでいたが、すでに六日は過ぎ去って、早や七日目の夜明時分になったので、もうわずか

の辛抱でここを出られることかと、心に勇《いさ》みをなしていると、この時たちまち麓の方から、風の如く走り近づく人の足音が聴こえて、不意に棺の蓋を取り放って、じっと此方《こなた》を見おろした者がある。驚いて見上げると、乱髪白衣の亡妻《なきつま》の幽霊だ。

夫は危うく気絶をするところであったが、ここだと心を取り直し、かねて住職に教えられしが如く、恐る恐る右手《めて》を差し延べて幽霊の手を握り、うちふるう唇に、

「オオ、亡妻《なきつま》よ、お前は白椿《しろつばき》の花、わたしは茶梅《さざんか》の花、現世《このよ》ではもはや同じ月日の下に咲く縁《ゆかり》はないが、来世《あのよ》では必ず一つ園に、香ばしき匂いを放ちましょう」

と言うと、この一言を聴くと共に、亡妻の幽霊はようやく安心したという風に、ニヤニヤと笑いながら、東明《しののめ》のほんのりとした間に、掻《か》き消す如く見えなくなった。

そこへ例の住職は、急ぎ足にバタバタと駆けつけ来《きた》り、あまりに神経を激動したため、半ば死なんとする如き夫を棺の中より助け出し、

「もう大丈夫、大丈夫。お前の一生の間は、たとえ逢いたくなっても、二度とあの幽霊を見ることは出来ぬ」

と言ったが、はたしてその後は、亡妻《なきつま》の幽霊は、天国に行きしか、地獄に亡びしか、さ

しもの変怪も全く跡を断って、かの夫は再び新しき妻を呼び戻し、死ぬまで安らかなる月日を送ったそうである。

逆様の卒塔婆

以上に掲げしルーマニー国〔ルーマニア〕の、亡妻《なきつま》の幽霊談に似た話は日本にもある。越後の国のある村に一人の若き金満家があった。やはり妻の死ぬ時、誓って再び仇《あだ》し女〔ほかの女性〕を娶《めと》るまいと約したに拘らず、まだその三回忌も済まぬうちに近所の一美人を迎えると、その夜から恐ろしき祟《たた》りは踵《きびす》を接して起こった。まだ張ったばかりの新しき障子へ、バサッと生々しき血潮が迸《ほとば》しるかと思うと、不意に行灯《あんどん》の火がプッと消えて、真白《まっしろ》な衣を纏った女の乱髪《らんぱつ》な姿が、ぐるぐると室《へや》の周囲を廻《めぐ》ってみえる。

いろいろと名僧知識の供養などを頼んでみたが、少しもそのかいがない。そのために若き男は痛く神経を悩まし、顔色は見る影もなくやつれて、重き病の床に就くと、それからというものは、あたかも亡妻《なきつま》の怨霊が終始枕辺に立って、次第次第に咽を締めつつ、冥土に連れ行かんとするものの如く、男の生命は早や旦夕《たんせき》〔今朝か今晩か〕に迫るほどになった。

そこへヒョッコリとやって来たのは、諸国行脚《あんぎゃ》の旅僧である。この話を聞いていと気の毒なることに思い、しばし首を垂れて考えていたが、

「ああ不心得なことじゃ。どんな霊恨《うらみ》があるにもせよ、生きる人間に祟《たた》るとは不埒千万《ふらちせんばん》、そのような女の魂は、たとえ千万億土の底へ落としても、この男の生命《いのち》を救ってやらねばなるまい」

と言うので、その夜、草木も眠る丑三《うしみつ》〔およそ午前二時から二時半〕の頃、亡妻を葬った墓場に到り、かつて立てたる卒塔婆《そとば》を抜いて今度は、真逆様《まっさかさま》に、ズシンと地上に打ち込む。

その途端だ。

男の家では、今の今まで亡妻の幽霊が、枕辺にありありと、その痩枯れた手で咽を締めつけているように感じたのが、急にパッと消えて、同時に耳を劈《つんざ》くばかり、

「あれ、恨悔《くや》しいイ――」

と叫ぶ女の声の物凄さ。何物が千万上の頂《いただき》から、無限の谷底に向かって落ち行く如く、

ズーンという響きは次第次第に遠く、やがて全く聴こえずになった。

しばらくしてかの行脚僧はこの家に帰って来たが、その顔色は真っ青である、

「ああかわいそうに、これでお前さんの生命は助かったが、あの女の魂は、無限の亡滅《ほろび》に沈みました」

と言って、自分はいかにも大罪を犯せし如く、悄然としてここを立ち去った。

そのとき限り、恐るべき幽霊は現れずなり。男の生命《いのち》は幸いに助かったが、かの亡妻の霊魂は、真逆様に立てられた卒塔婆のために、千万億土の奈落を指して無限に落ち込んで行くのであろう。

ブルガリアの怪樹

ブルガリア王国の深山に一本の怪樹がある。その下から四番目の北を指した一筋の枝で、むかしブレバナの敗将アンテロー将軍が四月五日の午後四時半に、恨みを呑んで首をくくった由《よし》伝えられている。

その怨霊の祟《たた》りという訳でもあるまいが、過去二五〇年来以来、毎年毎年定まったように、四月五日の午後四時半になると何処からともなく一人ずつ旅人が彷徨《さまよ》って来て、しかもその第四番目の枝で、首をくくるのが例であった。

かかる不吉な枝は、早速除き去った方がよさそうなものであるが、歴史を重んずる国とて、容易にかかる紀念物を切り去るに忍びず、その下に一枚の制札を立てて、四月五日、旅人はこの怪樹の辺《ほとり》に立ち寄るべからず。
アンテロー将軍の亡魂は汝を死地に導くべし。

と、記しておいたが、なんの効能もない。やはりその日になると、いつの間にか不幸なる旅人の姿が、その樹の枝にぶらんと下がっているのである。

時はあたかも今を去ること四年以前の四月五日、その山の麓で一人の農夫が畑を耕していると、ただ見る遥か向こうの山路《やまみち》を一人の旅人が、風に追われる如く一目散に登って行く。

「ああ、あの人も首をくくるのか、かわいそうに、どうにかして助けてやりたいものだ」

と、思ったので、直ちに鍬を、投げ捨ててその後を、追いかけて行ったが、やや山中の怪樹も間近になって見ると、あの旅人は驚いた様子で怪樹の下の制札を眺めている。

この制札を見て驚くほどならば、まさか首をくくりに来た訳でもあるまいと思っていると、この時不意に何物の手とも分からぬ巨手《おおて》が現れ来《きた》りて、旅人の首筋を掴んで、ククーと樹上に引き上げた。

農夫は恐怖のあまり、「あっ」と叫んで気絶したので、その後の様子は少しも分からなかったけれど、しばらくして呼吸を吹き返してみると、かの旅人は案の定、第四番目の枝に首をつって、ぶらんと下がっていた。

してみるとこの怪樹に首をくくる者は、初めから首をくくるつもりではなく、何かの理由で、あたかも魔性に誘わるるが如く、ふらふらとこの場に迷って来て、かかる恐ろしき手のために、悲惨なる最後を遂げるのであろう。

去年の夏この怪樹は、落雷のために砕かれて、それから後は恐ろしき話も聞えなくなった。

コンゴー国にて　英国士官の横死

ブルガリアの怪樹で思い出したがアフリカのコンゴー国〔コンゴ民主共和国〕にも一本の怪樹がある。よほど以前のこと、その梢で一頭の大蛇がのたうち回っていたのさ。ある好奇《ものずき》な猟師が、下から一発射放つと、弾丸は見事にその一眼を射貫《いぬ》いたが、同時に大蛇はバッタリと猟師の上に落ちて来て、猟師の身体をぐるぐるに巻きつけ、双方共その場で死んでしまった。

それからというものは、肉眼《め》にこそ見えぬが、大蛇の怨霊と猟師の亡魂とが、始終この樹のほとりに彷徨《さまよ》っている如く、夕暮《ゆうぐれ》にもなると、何処ともなくなまぐさい風が吹いて来るので、この辺の人々は、誰もその側へ立ち寄る者はなかったが、ある年のこと、英国の遠征軍隊がこの木の下に露営して、かかる怪事のありとも知らねば、その士官の一人は、遠方の景色を眺めんと、数十尺の梢によじ登って、籠手《こて》を翳《かざ》して四方《しほう》を望んでいると、この時不意に何物か、空中から士官を掴み上げて投げつけたよう。士官は、

「オー、恐ろしい者が――」

と叫んだまま、真逆様に地上に落下して、脳天を微塵《みじん》に砕いて死んだそうだ。

怪殿の悪老婆

お雪という娘があった。よほどの美人なのでさる御殿《ごてん》へ奉公することとなったが、何処の御殿にも開《あ》かずの間《ま》というのがある。もし過ってこの間《ま》を開《ひら》けば、恐ろしき祟りは直ちにその身に降りかかると伝えられている。しかし御殿に不馴れなお雪は、ある日のこと、長廊下の淋しい処を唯一人、ふと開いたのはこの開《あ》かずの間であった。ハッと思ったがもう後の祭り、薄暗い室《へや》の真中《まんなか》には、白髪頭の物凄い顔の老婆が後向きに座っていたが、スーと立ってハタと此方《こなた》を睨み、

「お前さん、何故ここを開けました。もう開けた以上は仕方がないが、もしこの老婆がここにいたことを一口《ひとくち》でも他人に話せば、お前さんの命はその場で亡《な》くなりますぞ」

と悽愴《せいそう》なる声は人間の声とは思われない。

お雪は真っ青になって我が部屋へ帰って来たが、恐ろしさのあまり変な病にかかって、ただしほしほとふさいでいるばかり。奥方や朋輩の女中等は不思議に思って、色々とその理由《わけ》を訊ねたが、お雪は何事をも語らぬ。何事をも語らぬのは、老婆の一言《いちげん》が恐ろしいからであろう。しかし様々に責め問われるので、思わず知らず、

「あの奥の淋しい室《へや》に――」

と言いかけると、途端もあらせず、何物かバッタリと夜具の上に落ちた。

お雪はアッと叫んで悶絶した。

「夜具の上に落ちたのは一匹の白猫であった。これもとより偶然のことであったろうが、お雪は重ね重ねの恐ろしさに、もはや一刻も御殿に留まる心はせず、早速暇《いとま》を貰って私家《わがや》に帰らんと、駕籠に乗って御殿の門を出かかると、時刻は万物皆黄金《きいろ》に見ゆる夕暮である。門の出口には、一個の白髪頭の老婆が、柱にもたれて後ろ向きに立っていたが、つと此方《こなた》を振り向き、

「あの、お雪さんにちょっとお話が――」

と言いつつツツーと足音もなく走り寄り、駕籠の中へ首を差し入れて何事か話す様子で

あったが、しばらくして、

「おほ、おほ、おほほほほほほ」

と、声高く笑って、かき消すごとく何処へか立ち去ってしまった。

どうもことの様子が変なので、あとで駕籠の戸を開いてみると、ああ無残、お雪はいつの間にか細い簪《こうがい》〔髪をかきあげる具。近世では髷《まげ》に挿して飾る具〕で咽喉を貫かれ、朱《あけ》に染《そ》まって死んでいた。

オレンジ国の毒蛇

南アフリカのオレンジ自由国に、古代から伝わる不思議な伝説がある。もし人が山野を跋渉《ばっしょう》中、「コブラ」という毒蛇が児を産んでいる処を見たならば、その人は多く三年のうちに死ぬ。もし三年の間に死ななければ、百歳までの寿命を保つということである。

ある日のこと四人連れの旅人が、アオルゴスと呼べる地方の山路を通りかかると、そのうちの一人が図らずも、路傍《みちばた》の青草の中で一頭の「コブラ」が、四苦八苦とのたうちまわりながら、児を産んでいる処を見つけた。自分一人が見ただけで黙っていればよいのに、そこは浅ましき人情の常だ。

「やあ、大変大変、コブラが児を生んでいる」

と叫んでその場を指さしたので、残り三人の者も皆そのさまを認めた。

認めると共に一同は顔色《がんしょく》を変えて、おのおの我家へと帰って来たが、いずれも百歳までの寿命を保たんことは思わず、何でも近いうちに死ぬ死ぬと、そのことばかり苦にしていると、果たして満三ヵ年とは経たぬうちに、四人が四人ながら奇しき精神病にかかって、しきりに毒蛇のことを口走りながら、この世を去ったそうである。

このような不吉なものを見た場合には、むしろ大胆に構えて、何でも百歳まで生きねばならぬと思っていれば、決して短命には終らぬとのことである。

怪《あや》しの軍艦の影

英仏戦争の最中のことである。

フランスの商船「リムナー」号が、地中海の南岸に近く航海していると、この日は物凄いほど天気が晴れ渡っていたが、忽然として水平線上遥かに一艘の英国軍艦が現れ、真一文字に此方《こなた》を目がけて疾走して来る。その頃は私船捕獲といって、戦時禁制品を搭載しているといないとに拘《かか》わらず敵国の商船を、すべて捕獲することを国際公法も許していたので、

「サア大変だ、英国軍艦に捕獲されては一大事」

とフランスの商船は、満帆《まんはん》に風をはらませて、無二無三《むにむさん》〔脇目もふらず、しゃにむに〕にシシリー島の方へ逃げ出すと、英国軍艦は同じほどの速力で、波を蹴立てて追って来る。

とうとうフランスの商船は大暗礁に乗り上げて沈没すると途端、英国の商船も、パッと何処かへ消えてしまった。

幸いに商船の乗組人の大半は、ボートに乗って助かったが、どうも不審でたまらぬ。後で聞いてみると、その頃英国軍艦はことごとくブリストル海峡《かいきょう》に集中して、一艘も地中海の方面へは出なかったとのこと。して見ると英国軍艦と見えたのは、いわゆる蜃気楼というようなものであったろうか。それとも海の怨霊の仕業であったろうか。とにかく船一艘を沈没させるほどだから、なかなか容易な祟《たた》りということは出来ぬ。

滑稽怪談　朧《おぼろ》夜《よ》の三人

（一）山麓の狩猟

ある山の麓で三人の乱暴書生が狐狩《きつねがり》をやったことがある。とうとう一匹は古狐を罠に掛けて殺したが、その狐が死ぬ時、三発の苦《くるし》ッ屁《ぺ》を放ったことはいうまでもない。気味悪い叫び声と共に、物凄い眼で三人の顔を睨んだまま斃《たお》れたそうである。これを見た里人は皆口々に、

「ああ、とんでもないことをなさる。恐ろしい祟《たた》りがなければよいが」

と言ったが三人はそんなことには委細頓着なく、

「なに、構うものか」

というので、早速側《かたわら》の腰掛茶屋に押し上がって、今殺して来たばかりの古狐を料理して酒宴を開いたが、飲むわ、食うわ、ぐでんぐでんに酔ったので、その帰り路、三人共ここから一里ばかり離れた、同じ学校の寄宿舎に泊っているので、もう日はとっくに暮れて、月の朧《おぼろ》な晩であった。

あっちへひょろひょろ、こっちへひょろひょろ、それでも道だけは迷いもせず、互いに鼻息あらく、管《くだ》を巻きながら、早や寄宿舎も間近になると、右を見ても田甫《たんぼ》なり、左を見ても田甫なり。田甫の中の一筋道を、とある曲り角まで来ると、その中の一人は何思ったか、急に寄宿舎を指して一目散に馳せ帰った。しかし残りの二人は、高歌放吟の最中なので、少しもそれを心づかない。しばらくして、

「やい、やい」

と言いながら四方を見ると、その男の影も形も見えない。

「オイ、あいつはどうした」

と一人が言えば、他の一人はキョロキョロと前後左右を見廻しながら、

「ゲープ、いねえぞ、あいつ。見ろよ、どっちも田甫だ。何処へ隠れるもんか——や

あ、狐だ狐だ、狐が化けていやがったんだ」

と騒ぎ出すと、双方共前後不覚に酔ってはいる。如何様《いかさま》かかる田甫の中で、急に一人の姿が見えなくなったので、一概に狐と思い詰め、なおもいきまく拍子に、泥の如くに酔ったる一人の片足は、足許の小石につまずいてパッタリと倒れた。

「畜生、まだふざけやがる」

と罵《ののし》りつつ、起き上がろうとしてふと見ると、路上に一つの小さい穴がある。

(二) 酔中の殺人犯

「やあ、ここに穴がある」

一人は大発見でもしたように雀躍《こおど》りをした。

「ここに穴がある、この穴をなんと思召《おぼしめ》す。無論、狐の住《す》まっている穴だ。あいつはこの穴の中に逃げ込んだに相違ない。それ、発掘してみろ」

というので、馬鹿馬鹿しくも一人は仕込杖でその中を捏《こ》ね廻すと、他の一人は棍棒で大

地をたたきながら、

「そら出ろ、そら出ろ」

と臭い酒気を吹いて叫んだが、勿論こんな小さい穴の中に狐などがいるものか。両人はやや失望の体《てい》に見えたが、たちまち何か心ついた様子で、

「うぬ、いよいよ太い奴だ。ここにいなければ、きっと寄宿舎の中へ、人間の姿で化け込んだに相違ない。早く行って殺してしまえ」

と、そこは酒の元気だ。よろめきながら寄宿舎へ駆け込み、長廊下を足音荒く、己《おの》が部屋へ飛び込んで見ると、その入口にゴロリと転がっていたのは、前《さき》に帰った一人だ。二人はその体につまずいて折り重なって倒れる。

「やあ、いたいた」

と一人叫べば、他の一人はキョロキョロしながら、

「逃がすなよ、逃がすなよ。今ランプを点けるから」

と言ったが、マッチなどは何処にもあるものか。朧《おぼろ》月夜に室の中は薄暗いので、シカとは様子も分からぬか。なんでも一人は転がっている男の体を、一生懸命に押えつけてい

る。

「とにかく、狐には尻尾がある。早く検査しろ」

という言葉に、転がっている男を押えた一人は、その尻の辺を撫でまわすと、端なくも兵子帯の一端を握った。

「やあ、尻尾がある、ある」

「尻尾がある以上は狐に相違ない」

「それ、殺《たた》んでしまえ」

とばかり、二人はいきなり仕込杖と棍棒とを振り上げて、寝転んだ男の腰骨を蹴飛ばした。蹴飛ばされたる男こそ災難である。驚いて眼を開いて見ると、薄暗がりに二人の大男が利器《えもの》を振り上げているので、びっくり仰天。

「キャッ」

と叫んで逃げ出すと、

「逃げる以上は、いよいよ狐だ」

「逃げようとて、逃がすものか」

と二人は彼方《かなた》に追い詰め、此方《こなた》に追い詰め、とうとうめっちゃめっちゃに、打ったり突いたりして殺してしまった。

後で酒の酔いも醒め果てたから、二人はその友人を殺したことを知って、真っ青になったが、たとえ酒の上とはいえ、まことに済まぬ次第だと思ったので、二人ながら咽を突いて死んだそうだ。

これは狐の祟《たた》りだか、酒の祟りだか分からぬが、とにかく馬鹿げたことである。

悪婦《あくふ》の呪い

女性《おんな》の一念ほど恐ろしいものはない。ただに死んだ後《のち》ばかりではなく、生きている間でも、その一念のためには、随分戦慄すべき振る舞いを演ずることがある。

日本ではよく「女の呪い」ということがある。自分の愛する男が薄情な振る舞いをすると、女はどうしてもその遺恨をはらさねば止《や》まぬ。あるいは男の写真の両眼に針を打ち込むと、その男は盲目になったり。愛する者の名になぞらえて藁《わら》人形を作り、その臍《へそ》の辺《へん》に五寸釘を突き刺して、地下三尺の処に埋めると、男はぶらぶら病にかかって死亡《う》せたりする。

また、男の遺《のこ》しておいた、手拭いなりハンカチなりを取り上げて、七所《ななところ》に結び目を作り、その上を自分の髪の毛で縛り、人知れず竈《かまど》の中に投げ込んでおくと、男は盗人の嫌疑を受けて牢獄の中に打ち込まれたり、その他さまざまな変なことがたくさんある。

ある処に極く嫉妬の深い一人の女があった。その嫉妬のために愛する男に捨てられ、怨恨《うらみ》に堪えず、如何にもして思い知らせんと、瞋恚〔自分の心に逆らうものを怒りうらむこと〕の焔《ほのお》を燃やしたが、男はあらかじめそのことを要心していたものと見え、何処を探しても紀念《かたみ》の一品《ひとしな》すら遺っていない。そこで狂気のようになって、さまざまの呪いの術を講じたが、遂に心にそれと思い定めて、ある日のこと、男の歩いているその跡を跟《つ》け行き、泥濘《ぬかるみ》に遺《のこ》るその足跡をスッカリと白紙に模《うつ》し取り、家に持ち帰って、およそ半日というものは、物をも言わずピリピリと髪の毛をふるわしながら、白紙にうつる足跡を睨《にら》みつめていたが、突然、

「恨めしい」

と一声、自分の小指を噛み切り、一念込めて、小指と共に血汐をサッと白紙の上へ吹きかけると、その途端だ。男は自分の家で、新しい情婦と共に酒盃《さかづき》を揚《あ》げていると、不意にボッタリと血汐のような物が、一滴《ひとたらし》天井から酒盃の中に落ち、同時にぞっと身の毛も竦立《よだ》つような悪感を感じたが、男は酒盃の中に怪しき一滴が落ちたとは少しも心つかず、

「オー、寒い」

と言いながらグイと一息、呷《あお》るとそのまま、ドッと血を吐いて、五本の指に噛みついて悶え死んだ。

山中の乱髪白衣

女の呪いの中で最も気味の悪いのは丑《うし》の刻詣《こくまい》りである。この丑の刻詣りというのは、男に捨てられた悪性女《あくしょう》めが、もう人間といわんよりも、むしろ鬼同様の心となり、真白《まっしろ》な衣を纏って髪ふり乱し、その頭《かしら》の上へ三本の蝋燭を点《とも》し、草木も眠る真夜中に真裸足《まっぱだし》で、沈々《しんしん》と物淋しい山奥に到り、トントン、トントンと四本の釘を生木の幹に打ち込み、男を呪う一念は、ツツー、ツツーと、風の如く山路を帰って来るのである。

その物凄いことは限りもない。もし何人でもその往復の道で出逢ったが最後、直《ただ》ちに咽笛《のどぶえ》に噛みつかれて、その場で殺されてしまうと伝えられている。なるほどそうかも知れぬ。丑の刻詣りの姿を他人《ひと》に見られれば、呪いの目的を達することが出来ぬとは、彼等の信じている処なので、狂気よりもなお恐ろしい心は、人間一人を噛み殺すくらいは、なんとも思うまい。

ある旅人が山の麓で宿を取り損ね、恐い恐いと思いながら、上野《こうずけ》の国〔群馬県〕は榛名山の山奥まで来かかると、時刻は正《まさ》に万籟寂《ばんらいせき》たる丑三ツの刻。たちまち頂の方から、三本の蝋燭を頭上に照らし、乱髪白衣の丑の刻詣りの女が、疾風の如く駆け下《くだ》って来たので、

「サアしまった」

と思ったが、山路は一筋なり。何処へ逃げる処もないので、急に側《かたわら》の大木の梢によじ登り、必死の思いで身を隠していると、この時すでに恐ろしき女の姿は直ぐ大木の下まで来り、早くもそこに人間の隠れていることを覚《さと》ったものと見え、物凄い眼つきでキッと梢を睨んでいたが、あたかも毒蛇が小鳥を狙うが如く、爛々《らんらん》たる眼《まなこ》を光らしたまま、グルリ、グルリとおよそ七〇何回というもの、その樹の下を廻ったので、樹上の旅人は眼《まなこ》暈《くら》み、気が遠くなって、バッタリと地上に落ちるが否やたちまち、飛びかかって悪女のために咽笛を噛み切られて、あわれ悲惨なる最後を遂げた。

オーストリアの死人娘

（一）宝玉商の家

女性の一念の中でも、これはよほど変わっている。

オーストリアのヴェンナ市に一軒の宝玉商があった。その家の娘で、当年二一歳になる、ブリアノという女が大病にかかり、もはやどうしても回復の望みはない。医者は夙《つと》に匙を投げて、

「今夜こそ息を引き取るだろう」

と言ったが、なかなか息を引き取らぬ。

「その翌晩こそ、必ず息を引き取るだろう」

と言ったが、やはり息を引き取らぬ。去りとて少しも快方に向かうというわけではなく、色は日増に青くなり、頬の肉は全くこけて見る影もなく、絶えずウーンウーンと、まことに苦しそうな呻《うな》り声を放ち、折ふし白い眼を見開いて、ぐるぐると室《へや》の周りを見渡すけれど、もはやその眼には何物も映らない。ただ息があるという名ばかりで、ほとんど生きているか、死んでいるか分からぬほどだ。かかる有様で容易に息を引き取ることの出来ぬのは、何か深い仔細があらねばならぬ。両親は真に断腸に堪えながら、どうしても回復の望みもないものならば、一日でも長くかかる苦痛を為《な》すよりは、早くその霊魂《たましい》を安らかに、天国に帰した方がよかろうと思うので、娘の痩せ枯れたる胸に手を置いて、神に祈祷《いのり》を捧げたこともあったが、やはり娘は息を引き取らぬ。かかる悲惨なる姿にて、早や一月《ひとつき》ばかりは過ぎ去ったが、ある日のこと、父は余儀なき用事にて外出し、その午後三時頃、母もちょっとした仕事のためにその室を外すと、しばらくの間、娘の枕辺には誰もいない。すると不思議だ。

（二）何物か握って

四、五分しては母は大急ぎで、再びその室へ帰って見ると、驚くべし。今の今まで昏々《こんこん》として、生きるか死せるか分からぬほどであった娘のブリアノは、いつの間にかスックと室の一方に立ち寄り、痩せ細った手で、そっと戸棚の中を探していたが、母の足音聴きつけると共に、真っ青な顔はつと此方《こなた》を振り向き、急に何物か握ってひょろひょろひょろと、再び寝台の上に這い上がろうとしたが、もはやその気力さえなく、バッタリと床に倒れて、そのまま息を引き取った。

母親はキャッと叫んで、急ぎ家内中を呼び集めて、検《しら》べて見るとその手に握っているのは一通の書簡《てがみ》だ。その書簡の内容はよくは分からぬけれど、チラと見ゆる文字《もんじ》で判断すると、なんでも密かに恋せし男より送って来た艶書《つやぶみ》に相違ないのだ。この艶書のあったばかりに、ブリアノの霊魂《たましい》は、自分の死んだ後で、その艶書を見られることの恥ずかしく、容易にその肉体の横たわるこの室を離れることが出来なかったのであろう。

一同はその書簡《てがみ》を、死骸の手から取り放そうとしたが、シカと握りつめたままどうしても放さぬので、ブリアノの心を酌《く》んでやり、書簡を握らせたまま、ヨーブ河畔の墓地の底へ葬ったそうである。

幽霊の対盲人対策

かつて年若き男女が、そこで情死を遂げたので、ある屋敷の北の隅二坪ばかりの処は、恐ろしき怨念の潜《ひそ》んでいる場所だと言われている。それで先祖代々の遺言にも、その二坪に接しては、家を建てるなとまで伝えられたほどであったが、当主の代になると、世はだんだんと文明が進み、また当主は極《ご》く開けた男なので、

「何、そんなばかなことがあるものか」

と言うので、他人《ひと》の諫《いさ》めるのも聴かずに、直ぐその側へ建てた一軒の離れ屋敷は、わざとしたという訳ではないが、かの怨念の潜むという二坪の地面の上へ、少しばかり廂《ひさし》を突き出した。すると変だ、その離れ座敷が新らしく建った晩から、どうも人間が住われない。真夜中にゴトンと怪しき音がしたり、牀板《ねだいた》〔根太板。ゆかいた〕がぐらぐらと揺い

だり、さらに甚だしくなって来ては、灯火《ともしび》が急に消えて、女の影がぼんやりと障子に映ったり、不意に骸骨《されこうべ》が踊り出したり、どうも尋常ならぬ様子である。

ばかなとしきりにその評判を打ち消そうとする当主さえ、現在その不思議を見ても困《こ》うぜぬ訳には行かぬ。しかしどう考えても、この世の中に怨霊とか幽霊とかいうもののあろうはずがない。これは大方かかる怪聞を耳にして、始終恐い恐いと思っているので、われと我が神経の作用にて、眼に恐ろしい物が見えたり、耳に恐ろしい音が聴えたりするのであろうと思ったので、ある日のこと物は試しと、よほど離れた遠方から、一人の盲人《あんま》〔目が見えない人〕を連れて来た。

この盲人《あんま》は唯に眼が見えぬばかりではなく、すこぶる耳も遠いので、無論変な評判などは少しも知らぬ。

そこでほどよくもてなして、かの離れ座敷に一人で寝かせ、ひそかに様子を窺っていると、その夜の一二時時分から夜明けまで、何かさもうるさそうに、ウンウンと唸っていた。

その翌朝、当主は何気なき体《てい》に、

「オイ、盲人《あんま》さん、昨夜はよく眠られたかね」

と問うと、盲人《あんま》は顔をしかめて、

「イヤ、眠られたの眠られぬの騒ぎではありません。わたしは生まれて初めて、あんな苦しい目に逢った」

という。

「それはまたどういう訳だい」

と膝を進めると、盲人《あんま》は白い眼玉を剥き出し、

「どういう次第と申して、お宅にはお嬢様と坊ちゃまとがいましょう。本当に悪戯っ児ですねえ。わたしがあの離れ座敷に寝静まると、しばらくして何処から入って来たものか、初めにはしきりとわたしを揺り起こしましたが、わたしが返事をしませんでしたので、やがてほっぺたをひねる、咽喉を引っ掻く、終《しまい》には両方からわたしの手を押えて、一晩中腋の下をくすぐられたので、終夜《よっぴて》ウンウンと唸りながら、わたしは少しも眠られませんでした」

さも恨めしそうに語る。

この話を聴いて、さすがの当主も顔色を変えた。なるほど離れ幽霊も、こんな盲人《あんま》の前へ出ては、恐ろしい姿を見せることも出来ず、恐ろしい声を聴かせることも出来ぬので、かかる悪戯をやったのであろうか。

ナムセン河畔　空家《あきや》の詩人

(一)　一一月七日の夜半

ノルウェーの国ナムセン河の河畔に、二階造りの一軒の小奇麗《こぎれい》な家があったが、一一月七日の夜半に火に失して、一家残らず焼け死んだ。

失火の原因については少しも分からぬ。大方普通の過失であろうとは一般の評判であったが、その真相を究めてみると、真に身の毛もよだつような話である。

元来この二階家は、もとはある金満家《かねもち》の後家さんが住んでいたのであるが、その後家さんが過《す》ぐる年の一一月七日の晩に、召使の女に毒を盛られて、怨恨《うらみ》を呑んで死んでからは、なんだか恐ろしき祟《たた》りがありそうなというので、久しく住む人もなき空家となっていたが、かかる噂のあるに拘《かか》わらず、平気な顔で引越して来たのは同国の小説家スロングという男の一家である。無論非常に安値《やす》く買ったのだ。

スロングは当世のいわゆる唯物論者なので、

「何、幽霊なんぞばかなものが、この世にあるものか」

と始終嘲笑《あざわら》っている。一家の人々も皆それを信じている。

なるほどこの家へ引越して来たのは、九月上旬のことであったが、その当時はなんの異変もない。イヤ、その当時ばかりではなく、一一月七日までは、別に不思議と思うこともなく、家はまことに住み好いので、これはよき掘り出しものをしたと、一家中は斜《なな》めならず〔ひととおりではなく。はなはだしく〕喜んでいる。

(二) 猛火の中に白い姿

スロングはまたここへ引越して来たために、新らしき趣向が浮んだというので「空家《あきや》の詩人」と題する一篇の滑稽小説を作り始めた。筋は何んでも幽霊の牽強付会《けんきょうふかい》〔自分の都合のよいように、無理に理屈をこじつけること。こじつけ」なる説を嘲けるので、その組立てもよほど奇抜らしかったが、さてその一一月七日の夜になると、この夜はかの後家が毒を飲まされて死んだ晩だ。

もはや夜もしんしんと更《ふ》け渡るので、家族の者等《ものら》は、皆階下の各室に寝静まってしまったが、スロング先生のみは小説家の常とてなかなか眠らない。二階の居間のテーブルに対《むか》って、しきりに筆を走らしている。興熟《きょうじゅく》し来れば我を忘れて、幽霊を罵る文句も荒々しく、

「オオ、この家に幽霊が現れるとか笑うべきことというべし。もし後家さんの幽霊現れなば、われは鼻をつまんで戸外へ引き出さん」

などと記《しる》し去り、記し来って、ニコニコと笑いながら、トンとひとまず筆を措いたのは、夜もかれこれ一時四十分頃であった。

あまり精神を込めたためか、咽が乾いて堪らぬので、階下に降りて水を飲み、再び右の手にランプを持って、長き階段をトン、トン、トンと、なんの気もなく、もう一歩で階上まで昇り詰めんとする時、スッとばかり、何物もいない筈の自分の室《へや》から、眼《まなこ》を怒

らして直《す》ぐ眼の前に半身を現したものがある。

乱髪白衣の女の姿だ。スロングは「あっ」と叫んで、ランプを持ったまま、真逆様《まっさかさま》に階段を転び落ちた。

その響きの凄じかったこと、ランプは微塵に砕けて、石油《あぶら》は飛び散り、全身は猛火に包まれて七転八倒の苦悶、家族の者等は尋常ならぬ響きに驚いてその場に駆けつけてみると、もう火は家全体に廻っているので、とてもスロングを助け出す処の騒ぎではない。生命からがら逃げ出そうとすると、この時怪しむべし。何物とも知れぬ真白《まっしろ》な姿が、炎々たる猛火の中に立ち現れて、出口出口の窓を鎖《とざ》し廻ったので、全家残らず苦鳴《くめい》をあげて、世人のあやしみの間に、ことごとく焼け死んだのである。

動物電気の作用

死人と猫との関係は、よほど不思議なものである。猫の飛び込んだ室《へや》の死人は、ひょい、ひょいっとすると一種の動物電気の作用で、急に立ち上がって、飛んだり跳ねたり踊ったりすることがある。かかる場合にはしゅろ箒《ほうき》で打ち伏せるのが例だ。あらかじめそんなことのないためにと、死人の枕許に刃物を置く風習は、昔から日本に行われている。刃物を置かぬと猫めが近づいて、時々奇怪千万なことをやらかす。

陸前《りくぜん》の仙台で、よほど以前のことである。荒物屋の亭主が死んだ。蒼白《あおしろ》い顔をば白い布にて蔽い、逆屏風《さかさ》を立てて、線香を薫《くん》じ、縁者の面々は次の室《へや》に控えている。するとー匹の黒い猫が、どこからかポンと飛び降りて、逆屏風の陰へ入ったようであったが、別に心にも留めなかった処、しばらくして入棺のためにとその場に赴いてみる

と、不思議千万にも死人の姿が見えない。サア大変だというので、一家沸くような騒ぎ、そこへ近所の小僧が飛んで来て、

「ヤア、お前の処の死んだおやじさんが、今裏の畠で、猫を追い掛けていらあ」

と叫ぶので、一同は顔色《がんしょく》を変えてその場に駆けつけてみると、あら不思議や、猫はあたかも死人をはぐらかさんとする如く、しきりに尾を動かしながら、右に左に飛び廻れば死人はその跡を追って、彼方《かなた》にひょろひょろ、此方《こなた》にひょろひょろ、たちまち古井戸の底へ落ち込んで死んでしまった。

イヤ、死人だから、改めて死ぬ気遣いはない。強いて牽強付会《けんきょうふかい》〔自分の都合のよいように、無理に理屈をこじつけること。「こじつけ」〕の説を立てれば、死人ながら咽が渇いて、水でも飲みに行ったのであろう。

これと同じ例は加賀の金沢にもあった。ここではやはり猫に導かれて、死人の姿が失《なく》なって後《のち》、およそ一週間というものは何処へ行ったか少しも分からぬ。いろいろ手分《てわけ》をして探してみると、金沢から二〇里も離れた山奥へ行って倒れていたそうだ。

ブルガリアの化粧鏡

サイアムの古い口碑《くちつたえ》に、もし人が自らの運命を試さんとならば、月が山の端《は》に沈まんとする頃、同国はテレサ湖の畔《ほとり》に立って、その月の光を背後《うしろ》より受け、油の如き水の面に、長く長く映る自分の影を見よ。その影に異状がなければなんのこともなし。もしぼんやりと二つに見える場合には、その人は遠からずこの世を去るであろう。もし三つに見える場合には、その人は非常に悲惨なる最後を遂げねばならぬと伝えられてある。

それと少しこと変われど、ここに一場の哀悼すべき事件がブルガリアに起こった。

ブルガリアの国はシュムラ市のある富豪の家に、チサリーという一人の娘があった。たとえば海棠《かいどう》の花のような美人、年は一九で、その嫁入のちょうど一週間前、実は先生――イヤ、お嬢様、嬉しくってたまらん。花園を眼下にみおろす二階の化粧室で、召使

の女のエルキヤにちやほや言われながら、ふと化粧鏡を手に取って、

「本当のわたしのような美人は滅多にないよ」

と意中《こころ》で自惚《うぬぼ》れつつ、何気なくその奇麗な顔を輝《てら》して見たが、たちまち「ワッ」と叫んで、鏡を床になげうって、よよとばかりに泣き沈んだ。

召使のエルキヤは驚いて後《うしろ》から抱き起こし、

「まあ、お嬢様、どうあそばしたの」

と静かにその肩を撫でながら、

「本当にびっくりしますわ。どうあそばしたの」

チサリー嬢はしばらくは答もしなかったが、この時少し顔を上げ、

「あたしはもう死ぬよ。もうどうしても一週間のうちに、はかなき最後を遂げねばなりません」

と真にその声もふるえを帯びている。

「まあ、滅相もないこと、お嬢様は一週間の後に、奇麗なお婿様《むこさま》をお取りになるのではありませんか」

とエルキヤは何事をもじょうだんと思って、ほほと声高く笑ったが嬢は少しも慰まぬ。

「いえ、笑い事ではありません、今鏡を見ると、あたしの顔がぼんやりと二つに映っておりました。もうお嫁入も何も無効です。あたしはどうしても一週間以内に死なねばなりません」

「え」

と召使の女も眼をみはった。

ブルガリアで、若い女の顔が鏡に二つ映れば、必ず一週間以内に横死《おうし》〔事故・殺害など、思いがけない災難で死ぬこと〕を遂げると記されてある。現に有名なる女役者のトルモント夫人もその変幻のあった晩、自宅《たく》の梁《はり》に首をつるして死に、また音楽の妙手をもって聞え高きホレシアス嬢も、鏡の怪があってからちょうど一週間目に、鉄道線路で悲惨なる最後を遂げたとは、今もなお一般に評判するところである。召使のエルキヤもそのことを堅く信じているので、かくと聴いては驚かぬわけにはいかぬけれど、今の場合、「ああそうですか」と、言っていられぬ。

「まさかそんなことはありますまい、え、お嬢さん」

というので、嬢のおののくのを強《し》いて再び鏡を取り上げ、

「サア、御覧あそばせ」

と共にその顔を照して見ると、召使の眼にはなんの異変も見えない。けれどチサリー嬢には、今もなおありありとその顔が二つに見えるものと見え、

「あれい、あれい」

と叫んで、身をふるわせて泣き伏したが、それから四、五日間はただ、くよくよと思いに沈むばかり。楽しき結婚の間際に到り、かかる悪運の手に捕えられては、ことごとく絶望せぬわけにはいかぬ。この絶望ほど恐いものはない。人間のもっとも恐れるところは死であるが、死んでしまえば何んでもない。唯だもう死ぬのだ死ぬのだと思う一念こそ、もっとも堪え難きものであろう。ああ情けないことだ。恨めしいことだと思うと、嬢はもう気も変になり、ただ一週間以内に死ぬというのが恐さに、その恐い思いをのがれんとて、自ら花園の古井戸に身を投げて死んだ。

　自ら身を投げなければ、何の異変もなかったかも知れぬのだが、とにかく奇怪なる言い伝えは不思議にも適中した。

　すると嬢が恨《うら》みを飲んで横死《おうし》を遂げてから、およそ一ヵ月ほど後のことである。かの召使のエルキヤは、

「ああ、お嬢様は本当にかわいそうなことをしたものだ」

と思いながら、ふと例の化粧鏡を手に取って見ると、驚くべし。今度は自分の顔がぼんやりと二つに映って見えるので、あっと叫んだまま鏡を投げ出し、大声に泣きながら、戸外《おもて》の方の嬢の死んだ花園へ飛び出すと、その途端、花園の白薔薇の花の間から、一羽の毒蝶がひらひらと舞って来て、泣き叫ぶエルキヤの口中へ飛び込み、エルキヤもその場ではかなき最後を遂げた。

　ただにエルキヤばかりではない。それから一年とは経《へ》ぬうちに、この化粧鏡を見たばかりに、五人の女はいろいろの変死を遂げた。まさかチサリー嬢の怨念が鏡へ乗り移ったというわけではあるまいが、とにかく不思議千万なことである、こんな鏡は早く微塵に打ち砕いてしまわねばならぬ。

ルーマニアの娘の墓

ルーマニア王国のある山奥に、ゲゼスと呼ばれる悪婆《あくば》が住んでいた。年は七〇の上を越えているが、その壮健なることは若者の如く、しばしば旅人を脅《おびやか》して、金銀財宝を奪い取るとの評判も聞えている。日本でいわば安達ヶ原の鬼婆というような類《たぐい》であろう。頃は物淋しき秋の中旬。その山の麓なるある富豪の一家では、愛《いと》しき娘のマリアナというのが死に、涙ながらに山の中腹の墓場へ、その死骸を葬って帰った夜のことである。

娘の母はマリアナのことを懐《しと》いて夜更まで眠らず、夜具を引っ被って涙にむせんでいると、枕辺の灯火《ともしび》も消えなんとする真夜中時分、たちまち何処《どこ》からともなく、バタバタバタと、若き女の走って来るような足音が聴こえ、同時にトントントントントンと、扉をたたく音も尋常ならず、

「お母さん、お母さん、早く来て頂戴よう」
と叫ぶのは、まさしく死んだ娘のマリアナの声である。
「オヤ、マリアナが帰って来たよ」
と母親はスックと起ち上がって、もう眼の色も変わっている。しかしマリアナの声は、ただ母親の耳にありありと聴こえるばかり。直《す》ぐ側《そば》の父親にも聴こえなければ、また雇人たちの耳にも入らない。

実際死んだ娘の帰って来るはずはなければ、これは大方神経《こころ》の迷いであろうと言ったが、何にしても墓場の模様が気に懸《かか》るので、一同は松明《たいまつ》を振り照らし、手に手に利器《えもの》を携えて、真暗《まっくら》なる山路を真一文字に、墓場の側まで来てみると、驚くべし。マリアナを葬った処は、墓場の土が動いて、卵塔婆さえ横に倒れている。

オヤオヤと、一同は呆気に取られて、互いに顔と顔とを見合わす途端もあらず、何物か乱髪の姿は、不意に墓場の陰から飛び出して、麓の方へひらひらと、風の如くに走ってゆく。

そらというので、一同は松明をあげて後を追いかけ、四方八方からその物を取り巻いてみると、あに図らんや乱髪の姿は、かねて評判の悪婆のゲゼスであった。

「オイ、ゲゼス婆さん、何んのために今頃あの墓場へ――」

と言いながら、一同は松明の光に照らして見ると、悪婆はその右の腕に、何か白い物を抱いている。よくよく見ると他でもない。先刻葬ったばかりのマリアナ嬢の生首《なまくび》である。

一同は怒ったの怒らぬのではない。やにわに利器《えもの》を揮《ふる》って、ゲゼス婆を斬り殺しその場を去らせず、薄命なる娘のかたきを討って遣った。

しかしあまりはやまって、一言も吐かせず婆を殺してしまったので、なんのために生首を盗んだのか理由は少しも分からぬけれど、とにかくマリアナ嬢の死骸は、その首を斬られた時、冥土からお母さんの救助《たすけ》を呼んだのだと、その頃もっぱら評判された。

スウェーデン理学士の幽霊奇説

(一) クリスマスの夜

「私がスウェーデンの首府ストックホルム府にいた時分のことです」

と、有名なる理学者のシュレーベル氏は次の如き奇談を始めた。

その頃私は未だ一学生の身分で、フエマント街という人通り少ない街の、ある知人《しりびと》の家の二階に住居しておりましたが、この家というのは街の十字街頭にあって、よほど古い。何も変幻怪異などのあった例《ためし》はないが、どうも薄暗くって変な家でした。ことに私の住んでいる部屋は、長い廊下の端《はず》れから、くねった階段を昇り詰め、ドアをひらくと室《へや》の中央《まんなか》には一面のテーブル、その北向きの窓からは、直ぐ往来を見おろします。

家はこんなに古いが、この家の妻君は極く親切な美しい人で、夜なぞ、私の帰宅《かえり》が遅いと、いつまでもランプを点《つ》けて、眠ずに待っていてくれました。だから、私もすこぶる満足して、その二階に住んでおりましたが、頃は一八五九年のクリスマスの晩でした。

ご存じの如く「クリスマス」は我々の最も楽しき祝日《いわいび》なので、この日私は諸処方々の家に招かれて、御馳走にあずかったり、美人を見たり、微妙《たえ》なる音楽の調べを聴いたりして、神気《しんき》〔精神と気性〕すこぶる爽快という有様で、夜の一二時半頃、フエマント街の例の住家に近く帰って参ります。

この夜は随分寒い晩で、月はおぼろに路上の雪を照らしていましたが、私は元来夜を恐いと思ったことなどはなく、何事も理論上から推究して、無論幽霊とか妖怪とかいうものの存在など認めません。かつ大いに愉快を極めて来た帰途なので、心の中では先刻某家で会った美人のことを考えたり、その人が弾奏した「ピアノ」の響きも未だ耳の底に残っているようで、ただうかうかと、早や家の門口も近くなんの気もなしに、私の住んでいる二階を見上げると、不思議だ。

（二）灰白色の人魂

私の留守中は決して灯火《ともしび》の点いているはずのない室《へや》の中が、なんだかほんのりと明るいようで、その北向きの窓からは、何物かスーと半身を現している。ハッと思って、私は立ち止ったが、未だ幽霊ともなんとも思いません。ハテ誰だろうと思って、眼《まなこ》を定めて見ると、どうも人間ではなく、垂幕《たれまく》かなんぞが、風もないのにふーらふーらと、動いているようだ。しかしその窓には垂幕がありませんので、それと心つくと、今度は一匹の白い猫のように見える。猫だ猫だ、猫だと思うと私は、たちまち二階の室のテーブルの上に、今日はるばる遠方の友人からクリスマスの菓子の箱を贈って来たのが、蓋を開いたままで遺《のこ》してあったのを思い出し、あれを喰われては大変というので一目散もう、門口を潜ったのは夢中です。バタバタと、家の中へ駆け込んでみると、例の美人の妻君は、この夜深《よふけ》にも拘《かか》わらず、自分の室のランプの下で、小説を読みながら私の帰るのを待っておりましたが、私は無作法にもいきなりそのランプを片手に取り上げた。この時私の顔色が真っ青で、もう眼の色が変わっていたと、後で妻君が申しましたが、なるほどそうだったかも知れません。私はランプを取り上げると共に長廊下をド、ド、ド、……と、くねった階段を飛ぶが如く、駆け昇り、自分の部屋のテーブルの上へ、トンとランプを置いてみると、北向きの窓は鉄張《てつはり》の扉が固く閉されてあるので、急ぎそこを押し開けて、窓から首を突き出してみたが、なんにも見えない。ただ、灰白色《はいいろ》の人魂のようなものが、ふらふらと空に消え去るように覚えました。

私はあっと叫んだまま、その場に立ちすくんでしまいました、急に恐ろしくなって身動きも出来ない。そこへかの妻君は、私の様子の尋常《ただ》ならぬのを心配して、大急ぎで後を追いかけてこの室へ入って来たが、室の入口から、

「オヤ、貴方は何故ランプを消して、そんな窓の側へぼんやりと立っていらっしゃるのです」

と叫んだ。

私はこの一言にハッと気がついたが、なるほどそう言われてみると、私はいつランプを消したという覚えはないのに、室の中は真っ暗で、薄雲のようなものが棚引いてみえ

る。これに二度びっくり。急ぎ灯火《ともしび》を点《とも》して、ことの次第を妻君に語ると、妻君はうるわしき顔に、非常に恐怖《おそれ》の色を浮かべたが、理論上どう考えても、幽霊とか亡魂とかいうもののこの世に存在していよう道理がない。きっと何かの拍子に私の神経が、一時の狂いを生じたのであろうと思ったので、とにかくこのようなことはあまり軽々しく吹聴せぬがよいと、当夜の一件は二人の間の秘密としたが、しかしこのことあって以来、どうも私は一人でこの室へ寝る気はせぬので、他の人へはいい加減なことを言って、当分階下へ寝ることとなった。

しかるにこのことがあってから、およそ半年ほど後のことです。私の親しい友人が遠方から遊びに来たので、私は無論例の怪談などは少しも話さず（実は恥かしいからです）二人ならば大丈夫と心を許して、その晩久々で枕を並べて、二階の室で眠りました。私はグッスリと寝込んで、何事も知らなかったが、その翌朝起き出た時、友人の顔色は真っ青で、何か意味あり気に私に向かい、

「シュレーベル君、君一人の時には、この室へ寝ぬ方がよいでしょう」

と言った。

「それはまたどういう訳か」

と私はハッと思っていろいろと問うたけれど、友人は少し理由《わけ》があって、そのことは口外が出来ぬといって、そのままここを立ち去ったが、きっと真夜中に、何か恐ろしい物を見たのに相違ない。

かく語り終わって、シュレーベル氏はなおも言を続けた。

「私は学理上、幽霊とか亡魂とかいうものの存在を信じませんが、この宇宙間には、何か一種不可思議なる現象があって、ある時ある人にのみ、ある恐ろしき姿が見えるということだけは、決して断言することを憚《はばか》りません」

と。著者も実にシュレーベル氏の意見に同意を表するものである。

幽霊旅館

（一）旅画師と山中美人

白浜画伯――露京の日本留学生――ドブイナ河畔――乗合馬車――深山に路を迷う――林中のコソコソ話し声――後ろ姿の若い女――追跡追跡

「現世には確かに幽霊がある。幻影を見たのでもなければ、神経の作用でもない。僕は実際目撃して、ほとんど死ぬような目に遭って来た」

と、青年画伯白浜帆影は、今もなお身の毛をよだてながら、次のごとき気味悪い話をした。

私がこの話を聴いたのは、日本留学生とて、露京《ろきょう》セントピータスボルグ〔ロシアのサンクトペテルブルグ〕に滞在中のことである。白浜画伯は日本にいる時分からの友人で、ごく快活な滑稽的な人物だ。私よりも以前にこのロシアの都〔サンクトペテルブルグ〕に来たり、二ヵ月の暑中休暇を利用して、ロシアの田舎旅行にと出掛けたが、久しぶりで帰って来たその夜直ちに私を訪ずれ、よほど恐ろしく感じたものと見え、日頃の滑稽も何も出る次第ではなく、真っ青な顔をしてこんなことを語ったのである。

以下白浜画伯の話だ。

君！　現世には実際幽霊があるよ。これは決して古い話ではない。つい十数日以前に、僕の出くわした実談なのだ。僕はロシア北部各地を旅行して、ドブクナ河畔〔トスナ河畔〕のアーチャンゲル市〔アルハンゲリスク市〕から、オネガ湾頭のオネガ市へ向から道中である。この間にはまだ汽車が通ぜず、雪の積っている時分は奇妙な犬橇、雪が融けると不恰好な乗合馬車が往来しているばかりだ。

僕がこの辺に来かかったのは夏の末のこととて、乗合馬車は盛んに客を呼んでいる。僕はその一両に乗ってアーチャンゲル市〔アルハンゲリスク市〕を出発したが、その馬車の汚いことは囚人馬車も同様で、その上険悪な道路を痩せ馬が無暗に引っ張ることとて、馬車はまるで空中に踊っているようで、こんな物に乗って長く旅行したら、僕はついに眼を廻してしまうだろう。

あまりに不快で堪らないから、僕は十数里進んだ後、とうとう堪え兼ねて馭者《ぎょしゃ》を罵倒し、

「こんな馬車に乗っていられるものか」

と、前後の考慮もなく途中で馬車を降りた。

御者は平気なもので、エヘヘへと鼻の先で笑いながら、

「そんなら歩いて行かっしゃるがよい」

と、僕を人家も何も見えない山道に一人残して、痩せ馬に鞭を加えてズンズン彼方へ行ってしまった。

しかし僕は敢《あ》えて驚かない。懐中には充分旅費もあるし、呑気な旅画師のつもりだから、格別山道を急ぐ必要もなく、あんなガタ馬車に揉まれて苦しむよりは、徒歩で旅行した方がよほど愉快だと、それよりブラリブラリと歩きながら、山水の変わった景色を立ち止って見たら、眼に留った面白いところは写生をしたりして、行き当たりばったり何処かの村で宿を取るつもりで、不知案内《ふちあんない》の山道を足に任せて歩いているうちに、あまり呑気が過ぎたものか、いつの間にか道を踏み迷い、方角も分からない場所へ来た。

ここは山と山との間の淋しい狭い道で、車の通った跡もなければ、人の足跡も見えず、道の右側には怪獣でもいそうな深林《しんりん》が続き、左側には断崖絶壁が何処までも連なっている。

心付けば早や日暮れ間近で、太陽は今まさに西山の彼方に沈まんとしているのだ。

「ヤッ、これは困った。マゴマゴしていると宿を取り損うぞ。どの方角へ行ったら村があるだろう」

と、僕はにわかに心細くなり、しばし、ぼんやり突っ立って考えていると、この時何処かでコソコソ人の話すような声が微かに聴こえた。あたりはシーンとしているので、かなり遠方の低い声も手に取るように聴こえるのだ。しかし何を語っているかは分からない。

「ハテナ、こんな淋しい場所で人の話し声がするとは、何処かに人家でもあるのか」

と、グルグル四方を見廻したが、元より人家などは何処にも見当たらない。

なんでも話し声は彼方の深林《しんりん》から洩れて来るのだ。

すこぶる気味悪くなって来たので、僕はこんな場合に何人もするように、二、三度高く咳払いをすると、その音は陰々として遠くの山や谷に反響し、同時にかの話し声はパッタリと消え、しばらくすると、僕の立っている細道の前方二、三〇間のところへ、不意に側の林中から一人の年若い女が現れ、ちょっと此方《こなた》を振り向いた様子だったが、僕の姿が眼に入ったか入らないか、そのまま彼方向《あなたむ》き〔むこう向き。あちら向き〕になって、ズンズン歩いて行くのである。

私はかの女がちょっと振り向いた時、ウッカリしていてその顔を見るひまもなく、今はただ彼方に立ち去る後姿が眼に入るばかりである。年の頃は十八、九、まだ二十歳にはなるまい。ロシアの田舎娘の服装にて、身なりは元よりいうに足らないが、後姿はスラリとして、黄金色《こがねいろ》の髪は艶かに、首筋は雪を欺くばかりに白く、前から見たら定めて非常な美人であろうと思われる。

何しろこんな淋しい場所の林中から、かかる若い女が不意に現れたこととて、僕は一時はギョッとしたものの、見れば美しい後姿ではあり、かつ道に迷って困っている場合だから、かの女に聴いたら村のありかも分かるだろうと、僕はすぐに跡を追い掛けて、まさか「お嬢様」と呼ぶ訳にもいかないから、

「モシ、娘さん！　娘さん！」

と、二、三度ハッキリした声で呼んだ。しかるにその声はただ木精《こだま》に物凄く響くばかりで、かの若い女は此方《こなた》を振り向こうともしない。

（二）渡船場の老船頭

モシ！　娘さん——一流の大河——半ば朽ちた渡船——ちょっと待って！
乱暴なお客さんだ——ヤア失敬失敬——美しい顔に古創の痕

「ハテナ、あの美人は聾《つんぼ》〔耳が聴こえない人〕だろうか」

と、僕は思った。もし聾ならば、モットそばへ寄って呼んだら聴こえるだろうと、僕は少し急ぎ足になって追い掛けると、何故か、かの女もまた急ぎ足になり、狭い淋しい山道をだんだん西へ西へと向かう。

西の方角へ行けば村でもあるものと見える。しかし合点が行かないので、僕の急ぐ足音が聴こえて彼方も急ぐのなら、かの女は決して聾ではない、聾でなければなぜ呼ぶのに答えないか、僕は少し腹立たしくなって来たから、再び大声を揚げ、

「モシ、娘さん！　娘さん！　ちょっと待ってくれ、聴きたいことがある」

と、小走りに走りながら続けざまに呼んでみた。

けれどかの女は答えもせねば、振り向きもしない。どうやら僕に近付かれるのを厭がるように、此方が急げば急ぐほど彼方も急ぎ、果ては足も地に着かないように走って行くのである。

そこで僕は試みに少し歩調を緩めると、彼方もまた歩調を緩める。しめたこの間に追い付こうと、此方は再び急ぎ足になれば、彼方もまた急ぎ足になる、僕はずいぶん健脚を誇る男だが、どうしてもかの女に追い付くことができないのだ。

実に変な女ではある。

とかくして僕は何処までもかの女の跡を追っているうちに、思わず道の一二、三町も進んだのであろう。いつの間にか山中の狭い道から、平原のやや広い道へ出ることができた。見ればこの道には馬車の通った跡なども見える。

平原の道へ出てからも、かの女は決して僕を追い付かせない。しかし僕は何処までもその跡について行くと、たちまち見るゆくての方には、水の濁った一筋の大河が流れていて、早や日が暮れて薄暗くなった河畔には、見すぼらしい一軒の渡船場《わたしば》が見え、今しも一隻の半ば朽たような渡船《わたしぶね》は、二人村人らしい男を乗せ、禿頭の老船頭は櫂を取って、まさに船を漕ぎ出そうとするところなのだ。

「ちょっと待って！」

と、この時初めてかの変な女は声を掛け、白い手を挙げてかの渡船に相図するかと見る間に、滑るように河畔に走り寄って船中に身を入れた。

もう日はほとんど暮れている。あの船に乗り損っては、また船が出るかどうだか分からず、かつは好奇にもかの女の跡を何処までもつけようと思うので、僕も続いて声を掛け、

「オイ待て！　オイ待て！」

と叫びながら、飛鳥のごとく河畔に走り寄り、この時すでに一間ばかり岸から離れた渡船に、ヒラリと身を躍らせて飛び乗れば、渡船はドボンドボンと激しく左右に揺れて、

水玉はサッと船側に飛び散り、老船頭の禿頭の上や、村人の膝の上や、かの若い女の襟首の辺《へん》にも少々落ちたようで、

「ああ冷たい、乱暴なお客さんだ」

と、禿船頭も村人も顔を顰《ひそ》めたが、かの若い女のみは知らない顔をしている。

「ヤア、失敬、失敬」

と、僕はとにかく渡船に渡ってしまえばもうしめたものだと、早速船中の横木に腰を掛け、さてかの変な女はどうしているかと、そっと横眼を使って見るに、訝《いぶ》かしきかの女はやはり後ろ向きになっている。ずっと舳《へさき》の方に腰を下ろして、白い首筋を見せているばかり、船が覆《くつがえ》っても此方《こなた》を向きそうな様子はない。

かの女はどうしても顔を見せまいとするらしい。

僕はどうかしてかの女の顔が見たくて堪らぬ。見てどうすると言う訳でもないが、見せまいとすればするほど、見たいと思うのは人情だろう。

しかしかの女は渡船のずっと舳《へさき》に腰を下ろしているので、その前に廻って眺める訳にも行かない。そのうちに渡船は早や大河の中流に出で、彼方の岸も間近になったので、

僕はしきりに気をいら立て、こうしたら振り向くこともあろうかと面白そうに口笛を吹いてみたが、かの女は振り向かない。わざと頓狂な声で大欠伸《おおあくび》をしてみたが、そんなことではなかなか振り向かない。

かれこれするうちに、渡船はますます進んで彼方《かなた》の岸に近づくと、この時故意か偶然か分からないが、かの女の直ぐ背後《うしろ》に腰を据えていた村人の一人は、煙草を吸うつもりであろう。マッチを取り出して急に摺《す》った。マッチはシューと音して火はパッと点《とも》る。この不意の光にはさすがの女も驚いたのであろう。思わずちょっと此方《こなた》を振り向いた。真に一瞬間ではあるけれど、僕はマッチの光でチラリとその顔を見ることができた。果たして美人である。物凄いほどの美人である。しかしその雪のように白い右の頬には、刀で斬られたような古創《ふるきず》の痕が微かに見えた。

かの女は直ぐにまた後ろ向きになって、ちょっとでも彼方《こなた》を向いたのを後悔しているようである。

「ハハア、分かった」

と、僕は一人で頷いた。すべて女は顔に創痕のあるのを非常に恥辱とする。殊に美人になればなるほど、顔の欠点はあくまで隠そうとするものだ。かの若い女がどうかして僕に顔を見せまいとするのも、頬にかかる古創のあるためであろう。しかしその創痕は極めて微かなので、もしお白粉《しろい》をもって巧みに化粧したならば、決して人目につくようなことはあるまい。今日は化粧をせず素顔で出て来たので、かくも人に顔を見せまいとするのであろうと僕は判断した。

こんなことを考えているうちに、渡船はついに彼方《かなた》の岸にドシンと着くと、かの女は直ぐに岸に飛び上がり、以前と同じく急ぎ足に歩んで行く。ドッコイ何処までも跡をつけてやろうと、今から考えると、僕はなんのためにそんなにいつまでも跡をつけたのか分からないが、その時はあたかも磁石にでも吸われているよう。急ぎ船から飛び上がってなおも尾行を続けたが、大河の岸から四、五町も進んだと思う頃、右手の方には険山《けんざん》が連り、左の方には一面の真っ暗な深林《しんりん》がある。ここまで来るとアラ不思議！　かの女の姿はたちまち掻き消すごとく見えなくなってしまった。

(三) 古びた旅館と老婆

女の姿はたちまち消えた――険山の麓に一点の灯火が見える――永夢旅館
六十余の白髪頭の老婆――奇妙な問答――飲酒家でないか

「オヤ、オヤ。オヤ」

と、僕はしばらくは開いた口も塞《ふさ》がらなかった。

今まで現在眼《め》の前を歩いていたかの女が、急に天に消えてしまうはずはない。地の底に潜《もぐ》り込んでしまうはずもない。これは大方僕がちょっと眼を外《そら》した間に、かの深林《しんりん》中に入ってしまったものであろうと思い、首を長くして深林を窺いて見たが、中は真暗でむろん何も見えない。地に身を屈めて耳を澄ましたけれど、もはや足音さえも聴こえないのだ。

このとき、日は既に全く暮れて、空には青い星が淋しそうに輝いている。

サアこうなると、僕はにわかに襟元の寒くなるのを覚えた。一体僕はなんのためにあんな女の跡を追って来たのだろう。あの女の跡にさえついて行けば、きっと人家の在《あ》るところへ出られるだろうと思っていたのに、こんな深林の側に来てしまうとは、まるで魔物にでも魅されたようである。

何はともあれ、このままここに立ってはいられない。何処か泊るような場所はあるまいかと、僕はキョロキョロ眼《まなこ》で四方を見廻すと、今まで不思議な女にのみ気を取られて、少しも気付かずにいたのだが、ここから数町右手の方に当たり、かの険山《けんざん》の麓と覚しき辺に、なんでも人家のあるらしく、一点の灯火《ともしび》が木の間隠れにチラチラ光っているのが見えた。

「しめたぞ、あそこに人家がある」

と、僕は一刻の猶予もない。すぐさまその光を目的《めあて》に、道とも見えない道を辿って近づいてみると、果たしてそこには一軒の古びた人家がある。古びてはいるけれど、ずいぶん巨大《おおき》なペンキ塗の建築で、後には険山の絶壁を負い、前には深そうな谷河が流れている。この谷河には一筋の橋が懸かって、橋を渡ると入口なのだ。入口には灯火《ともしび》の光ぼんやりと、その下の一枚の看板に、白ペンキで記した数行のロシア文字も、幾年月の風雨にうたれて今は大方は剥げ、僅かに「永夢《えいむ》旅館」の四字が微かに読まれた。

永夢旅館でも短夢旅館でもそんなことは構わん。僕は旅館を見付けた嬉しさに、入口の石段に立って数声《すうせい》訪《おとの》うたが、この家には人間がいるかいないか分からないほどシーンとして、しばらくは返事する者もないのである。

僕は気をいら立て、

「オイ、頼むよ、頼むよ」

と、続けざまに叫びながら、力任せに数回入口の扉を打ちたたくと、ようやく客の来たことが分かったものか、よほど奥の方からしゃがれた声で、

「あいよ、今直ぐに開けますよ」

と答え、手燭片手にヨタヨタしながら出て来たのは、既に六十を越えたと覚しき白髪頭の老婆である。変に底光りのする眼で僕の姿を見上げ見おろし、

「お前様、泊るのかね」

と、僕より先に口を開いた。

「どうか泊めてもらいたいものだが」

「一体お前様、どこから来たのだね」

実に変な婆《ばばぁ》である。旅館へ泊る前に、こんな訊問を受けるのは初てだが、僕はなんでもここに泊らねば、他に旅館がないと思うから、少々腹の立つのをこらえて丁寧に、

「アーチャンゲル市〔アルハンゲリスク市〕からオネガ市へ向かう旅人だが、道に迷って困難を極めている次第、宿泊料はいくらでも出すから、どうか泊めてもらいたいものだが」

と言えば、老婆はようやく打ち頷き、

「これは旅館だから、泊りたけりゃお泊りなさい。だが、こんなに夜分《やぶん》になっては、ご馳走は何もありましねえぞ」

「イヤ、ご馳走などのご心配はいらん。しかし非常に腹が減っているから、有り合せの物で、ウォッカ酒の一本も出してもらえばいい」

「お前様、酒飲みか、それではお断りだ、お断りだ」

と、老婆は眼を剥《む》いた。僕はびっくりして、

「決して決して、酒飲みではないが、旅行してひどく疲労した場合には、適量に酒を飲んで、安眠した方が衛生にいいと思うからだ」

「いけない、いけない。酒を飲むのならまっぴらお断りだ。万一酒癖の悪い人間で、乱暴でもされては堪《たま》らないから」

「馬鹿な、酒を飲んで乱暴するような男と男が違うが、飲むなと言うなら、酒などは飲まずともいい。とにかく泊めてもらいたい」

「酒を飲まなければお泊りなさいだ。その代わり黒パンと冷肉を上げるから、これを喰べて早く寝てしまいなさるがいい」

と、老婆はようやくのことで僕を家の中に入れてくれた。

サテサテ、面倒臭い旅館である。しかし僕はとにかく泊ることのできたので安心し、老婆の跡について家の中に入ったが、この家の淋しいことは寺院《おてら》も同様で、老婆の他には人のいる気勢《けはい》もせず、これでも旅館かと疑われるばかりであった。

けれど僕はそんなことには頓着せず、老婆が手燭を提げて導くままに、暗い狭い廊下を幾曲りかして、この旅館の最も端と覚しき、階下の一室に連れ込まれた。

（四）朦朧《もうろう》たる一室

窓は北向きである――古びた寝台と毛布――壁間の陰気な肖像画――黒パンと冷肉――真夜中に眼を開いて見ると――窓が自然に開いている

この部屋は北向きである。その汚いことはお話にならない。天井には蜘蛛が巣を張り、床は一面に塵に蔽われて、壁に懸けてある怪し気な額は今にも落そうに傾き、部屋の片隅に置いてある古びた寝台には、色も褪め果てた数枚の毛布（ブランケット）が載せてあるのみだ。

僕は今夜こんな汚い部屋で、あの古びた寝台の上に横たわり、毛布（ブランケット）を被って眠るのかと思うと、なんだか情けなくなってきた。

老婆は僕をこの部屋に連れ込んだ後、しばらくして一塊《いっかい》の黒パンと数片の冷肉とを運び来り、それを手燭と共に、室内の塵に蔽われたテーブルの上に載せ、グルグル四方を

見廻しながら、

「お前様、これを喰べて、早く寝なさるがいい。寝てしまえば灯火《ともしび》もいるまいが、手燭はこのままここへ置いて行きますべい。夜中になったら黙っていても自然に消えるから」

と、かく言い捨ててこの部屋を立ち去ろうとしたが、何思ったかちょっと振り返り、

「お前様ひょっとするとね、夜中に変なことがあるかもしれねえが、あんまりびっくりして、大きな声なんか立てるではありましねえぞ」

と、ニヤリと変な笑いを洩《も》らして、バタンと部屋の扉を閉めて立ち去った。

厭なことを言う婆だと思ったが、僕は元来呑気な性質なので、その時は格別念頭にも留めず、老婆が置いていった黒パンと冷肉とをムシャムシャ喰い、携帯して来た水筒の水をガブガブ飲んで、卓上の手燭をそのままに、寝衣《ねまき》も出さないから着の身着のままで寝台の上に横たわり、安かに眠るつもりで黴臭い毛布（ブランケット）を被ったが、サアこうなるとなかなか眠られない。先刻老婆の言ったことなどを思い出し、眼を細く開いて部屋の中を見廻すに、見れば見るほど汚い部屋である。壁の一方に懸かっている怪しげな額は、いかにも幽鬱な顔をした婦人の肖像を描いたもので、今にも泣き出しそうな

眼をしてじっと僕を見つめているようだ。

「ああ厭な画像だ」

と、僕は寝返りして他の一方を見ると、そこは北向きの窓に当たり、窓は厳重に閉されて、昔は白色であったろうが、今は鼠色に化け、ボロボロに破れたカーテンがずらりと下がっている。

何から何まで不快極まるので、僕は容易に眠られず、いろいろの想像を胸に描いて、昔無者修行が山道に迷い、図らず泊り込んで幽霊を見たなどというのは、大方こんな宿屋であろうかと考えているうち、いくら不快極まるとて、旅の疲労《つかれ》にはとても敵わず、いつの間にかウツラウツラとなって、果てはグッスリ寝込んでしまった。

しかるにこれから何時間経ったかは知らないが、僕は夢とも無く現《うつつ》ともなく、なんだか毛布（ブランケット）の上が非常に重くなったように感じ、同時に氷のように冷たい手が、二、三度僕の頬を撫でたような気がしたので、ハッと思って眼を醒して見ると、卓上の手燭はまさに消えんとしていまだ消えず、青い光は朦朧と室内を照らしている。

時計を出して見ると、時刻はまさに真夜中の二時だ。

「ああよく眠っていたのに、馬鹿な夢を見て眼を醒《さま》したものだ」

と、僕はなんの気もなく北向きの窓の方を見ると、アラ不思議！　眠る時には確かに閉めてあった窓の戸が、いつの間にか人の出入りするくらい自然に開いていて、そこから深夜の冷い風が、スー、スー、スーと吹き込んでいるのである。その風が頬に当たると、あたかも冷い手で撫《な》でられるような気持ちがする。

僕は実に合点が行かない。

「ハテナ、どうして窓の扉が開いたのだろう、盗賊でも入ったのではあるまいか」

と、思わず半身を起こして室内をグルリと見廻したが、たちまち「アッ」と叫ばずにはいられなかった。

(五) 白衣の女の姿

寝台の足許の方に当たり——誰に許されてこの部屋に眠るのです

早く立ち去れ——窓から逃げ出す——振り向いて見ると青と赤の光

ただ見る、僕の寝台の足許の方に当たり、なんだか白い物のスックと立っているのが見えた。僕は初め夢ではあるまいかと思ったが、夢ではない。眼の迷いではあるまいかと、両眼をこすって見たけれど、やはり眼の迷いでもない。現在目前《まのあたり》に見えるので、その物は僕が半身を起こすと、音もなくスーとかの卓上の手燭の方に向かった。スルとまさに消えなんとしていた手燭は、あたかもその姿に戦慄したように、青い光はフラフラと揺れて消えてしまう。室内はただ窓から射し込む星光《ほしあかり》で、ようやくその物の形の分かるくらいである。

僕は見まいとしてもその物の形だけはよく見える。確かに女の姿である。真っ白な衣を着て、髪ふり乱し、頭から灰色の被衣《かつぱ》を長く垂れ、顔は隠れて見えないけれど、定めて真っ青な色をしているのであろう。かつて画に見た幽霊の姿をそのままに、手燭が消えてしまうと、再び僕の方に向かい、ジリジリと寄って来るようだ。

僕は全身の血も一時に氷るように感じ、思わず寝台の上にうつぶせになり、頭から毛布（ブランケット）を被って慄えていると、その物はだんだん僕の方に近づき、今にも寝

台の上に上がって来そうな気色《けはい》であったが、しばらくすると、死人の口から洩れ出るような陰鬱《いんうつ》な声で、

「あなたは誰に許されてこの部屋に眠るのです。わらわの怨念は永久にこの家から消えません。もしあなたが夜明けまでここにいるならば、一番鶏の鳴かない前に、あなたは黄泉《よみじ》〔冥土。あの世〕の人となるでしょう。早くここをお立ち去りなさい。早くここをお立ち去りなさい」

と言うのが微かに聞えた。

お立ち去りなさいと言われたとて、僕はほとんど腰が抜けている。どうしてこの毛布（ブランケット）の中から出られるものか。なおも身動きもせず黙っていると、幽霊は再び陰鬱な声で、

「あなたは何故立ち去らないのです。生命《いのち》が惜しくはありませんか」

と言いつつ、そろそろ寝台の上に上がって来たようで、僕の毛布（ブランケット）の上は非常に重くなった。

もう堪らない。僕はキャッと叫んで跳ね起き、床に飛び下り尻餅ついて眺めると、幽

霊は既に寝台の上に朦朧と立ち、その細い右手《めて》を挙げて北向きの窓の方角を指《ゆびさ》している。

幽霊の指《ゆびさ》しているその窓こそ、先刻以来不思議にも開いていた窓なので、大方そこから立ち去れと言うのであろう。僕はもはや無我夢中に、命からがらその窓から外に転がり出た。

二階だったら腰を抜かしたろうが、幸い階下であったので窓から地上に転がり落ちて、僅《わず》かに向膝《むこうすね》を擦り剥《む》いたのみ。

何してこんな恐ろしい家の近所には一刻もいられないと、僕は大急ぎで立ち去るつもりであったが、このような場合にはなかなか怖くて走られるものではない。息を殺し虫の這うようにしてコソコソ永夢《えいむ》旅館の側を離れたが、神経の作用というものであろう。なんだか背後《うしろ》の方からは幽霊の追って来るような気持ちがして、恐々《こわごわ》ながらそっと背後を振り向いて見ると、かの旅館の僕の泊っていた一室の窓から、真っ青な気味悪い光の外に洩れて、その一個の窓からは、真っ白な女の姿が半身を突き出し、なおも此方《こなた》を眺めているのが見えた。

（六）河畔の黒い物

何処へ行ったらよかろう――渡船場の破家を目的に――オーイオーイ
二人の山賊――命令に従わんと生命がないぞ――両手を差し上げる

僕の泊った永夢《えいむ》旅館は幽霊旅館であった。ほうほうのていで逃げ出したものの、サアこれからどの方角へ行ってよいものか分からない。見渡したところ四方数里の間には、かの幽霊旅館の外《ほか》何処にも泊るような人家はないらしい。たとえあったにしても、この真夜中には灯火《ともしび》の光を見ることができぬ。灯火の光が見えなくては、不知《ふち》案内の土地とて何処へ向かって人家を尋ねてよいか分からぬ。

右には険山大魔物のごとくに聳《そび》え、左は果てしなき大森林である。こうなると僕は見る者すべて恐ろしく見え、風の音も幽霊の叫んでいるように思われ、こんな場所にボンヤリ突っ立っているのはますます気味悪くてならぬ。振り返ってみるとかの幽霊旅館には、今もなお僕の泊った一室の窓から真っ青な光が洩れ、白い衣を着た女の姿が此方《こなた》を眺めているではないか。

僕はしばし途方にくれたが、もうこうなっては何がなんでも、この辺にマゴマゴしてはいられぬ。ただ一つの頼みとなるのは、先刻渡って来た渡船場《わたしば》の一軒の破家《やぶれや》のみだ。あの破家は大河の彼方の岸にあるが、どうかして大河を渡り、禿船頭を叩き起こして宿を求める外はないと思ったので、僕はもはや後をも見ず、這うようにして幽霊旅館の前の小橋を渡り、星光に道を尋ねてようやく大河の側まで来たが、この真夜中にもちろん渡船の出るはずはない。河幅はずいぶん広く、濁流は星影を漂わせて音もなく流れ、渡船《わたし》場《ば》の破家は遥か彼方の岸に朦朧《もうろう》と見えるのみ。もはや灯火の光も洩れてはいない。

しかしかの渡船場の破家の中には、禿頭の船頭が寝ているかと思えば、僕は、いくぶ

んか心丈夫になり、遥か大河を隔ててはいるが、どうかして呼び起こし渡船《わたしぶね》を出してもらおうと思い、

「オーイ、オーイ」

と、声を限りに呼んだけれど、その声はただ物凄く木精《こだま》に響くのみで、彼方の岸の破家では一向に起きそうな様子はなく、かえってかかる大声を立ててしばしすると、僕は身辺に非常に恐ろしき物の襲って来るのを見た。

それは、僕の立っている場所から数十歩離れて、やはり大河の此方の岸の水際に、今まで木の根が大石の立っていると思われた二個の真っ黒な物が、僕の大声を立てると同時に動き出し、ツカツカと此方《こなた》に向かって歩いて来たのだ。

見ればそれは人間である。真っ黒な衣服を着け、真っ黒な覆面を被った大男で、どう見ても山賊である。

僕はびっくり仰天し、すぐに逃げ出そうとしたが、もう逃げるいとまもない。現れ出でた二人の山賊は、大股に僕の側に襲い来たり、左右からピストルを僕の胸許に突き付けて、

「オイ静かにしろ。命令に従わないと命がないぞ。両手を高く上に挙げろ」

と命じた。

「しまった」

と、僕は心中に思った、このような山賊は、ロシアばかりでなく、欧米各国にずいぶん多くいる奴で、大胆な奴になると市街にまで出で来たり、淋しい場所で通行人に出くわすと、いきなりピストルを突き付けて両手を高く挙げろと命ずるのだ。もしぐずぐずしていると、容赦もなく一発ズトンとやられるので、巡査でもこんな賊に逢うと、とうてい両手を挙げずんばいられないという。

もし普通の場合であったなら、僕はあるいは無茶苦茶に抵抗したかも知れないのだが、今は幽霊を見た後で充分怖気《おじけ》の付いているところに、不意にこんな賊に出くわしたのだから、もう魂も身に添わず、言われるままに両手を高く差し上げると、悪賊らはピストルを突き付けたまま、左右から僕の上衣のポケットを探り、四〇〇ルーブルあまりの旅費の入っている財布と、かつて日本を出ずる時、留学記念のためにと友人仲間から贈られた、命よりも大事に思う金時計とを奪い取り、そのままサッサッと彼方の深林中に消え去った。

僕は口惜しくて腹立たしくて堪らないが、もちろん跡を追い掛けることもできず、かつ考えると、こんな場所にいるとまたどんな目に遭うかも知れず、ここにぐずぐずしていて、生命を取られるような目に再び遭うよりはと、僕は断然裸になり、衣服《きもの》を片手に差し上げたまま、この大河を泳ぎ渡ろうと、死を決して水中に飛び込んだ。

(七) 私の探検旅行

お前様もとうとう幽霊に出くわしたか――数年以前に自殺した若い女
何か秘密が潜んでいるのだろう――私は単身探検に出かけた

季節は夏とはいうけれど、ロシア北方の真夜中の寒さ。大河を流れる水は氷のよう冷たく、裸体で飛び込んだ僕は骨まで凍るかと思われた。

しかし幸い僕は水練には達していたので、ずいぶん困難を極めたけれど、溺れ死ぬようなことはなく、辛うじてこの大河を泳ぎ渡り、裸体に衣服を抱えたままで、かの渡船《わたし》場《ば》の破家《やぶれや》を無茶苦茶に叩き起こすと、例の禿船頭はようやくのことで眼をこすりこすり起き出でて、

「お前様、誰だか知らねえが、なんだって今時分、叩き起こすのだ」

と、呟く。

僕は幽霊旅館に泊って幽霊に悩まされ、逃げて来る途中では悪賊に襲われ、大河を泳ぎ渡ってようやくここまで来たことを語ると、老船頭は眼を円くして、

「お前様もとうとう幽霊に出くわしたかね。俺はお前様が日暮方にこの渡船を通る時、ああ、あの幽霊旅館に泊らなければいいがと思ったに」

と、言う。

僕は少し不平顔に、

「そんなら渡船に乗った時、そうと知らせてくれればいいに、僕は幽霊に逢ったばかりでなく、山賊にも襲われて、財布も金時計も皆奪られてしまった」

と呟けば、老船頭は気の毒そうに僕の顔を見て、

「俺《わし》本当に知らせてあげたいと思ったのだが、旅の人があの永夢旅館に泊る前、あすこが幽霊旅館だなどと知らせようものなら、幽霊の祟《たた》りは俺《わし》が上に来るのだ。真夜中にこの破家の周囲をぐるぐる廻って、真白な衣服を着た幽霊は今にも俺《わし》を祟殺《とりころ》しそうにするので、俺《わし》、本当に気の毒だと思っても、旅の人に泊るなと知らせることはできねえのだ」

「何故幽霊が出るだろう。何かそんな因縁があるのかね」

と、僕は問うた。

「深いことは知らねえがね。なんでもよほど前に、あの旅館の一室で首を縊《くく》った旅の若い女があるのだ。大方その怨霊が残っているのだべい」

「始終出るのかね」

「始終ということはないが、一人旅で泊る人はよく見るのだよ。それにこの辺はこんな都離《みやこばな》れで田舎だから、警察の手もなかなか届かず、恐ろしい山賊が出没しているで、あの旅館で幽霊に逢って逃げ出した人は、たいていお前様のように山賊に襲われるのだ」

「実に怪しからんことだ。あの旅館に幽霊が出ると言う噂があれば、いくら片田舎でも警察で探偵に従事しそうなものだに」

「それは今までにも二、三度探偵が来たがね。そんな時には幽霊が現れず、とても正体を知ることができないということだ。何しろお前様恐かったろう。酒でも飲んで気を落ち着けなさっしゃい」

と、この老船頭案外親切な男で、秘蔵と見えるウォッカ酒など出してくれたので、僕はそれは二、三杯飲んでようやく生きたような気持ちになり、それでも、恐くてこの辺に寝る気にはなれず、火を焚いて一夜を老船頭と語り明かし、もはや旅費の四〇〇ルーブルは悪賊に奪われてしまったので、かねてモット他の地方を廻ろうと楽んでいたその旅行もできず、夜が明けると老船頭には丁寧に礼を述べて、ズボンの隠袋《かくし》に僅か残れる端金《はしたがね》をたよりに、ほとんど乞食のような旅行をして、ようやくこの露京《ろきょう》〔サンクトペテルブルグ〕に帰って来ることができたのだ。

以上は白浜画伯の実話である。彼はこのことを語り終わって、実際よほど恐ろしく感じたものと見え、唇の色も変わっていて、

「君！　現世には確かに幽霊がある。幻影を見たのでもなければ、神経の作用でもな

い。実際僕は目撃して、ほとんど死ぬような目に遭って来たのだ」

と繰り返し、

「ただ幽霊を見たばかりではなく、おまけに山賊にまで襲われるとは泣面に蜂だ。奪い取られた四〇〇ルーブルくらいの金は少しも惜くないが、あの金時計は日本の友人仲間から貰った記念品なので、あれを奪られたのは実に口惜しい」

と言っている。

さてこれを聴いた私は実に不思議で堪らぬ。白浜画伯は決して嘘を言うような人物ではないから、その言うことは一々事実とせねばならない。

しからば現世には果たして幽霊なる物があるだろうか。

私はどうしてもその存在を信ずることができぬ。してみると白浜画伯はたとえ幽霊を見たにしろ、それは幽霊のごとく見える何物かで、かの幽霊旅館の中には、何か容易に知ることのできない秘密が潜んでいるに相違ない。

ヨシ私は一人でかしこに旅行し、その秘密を看破《みやぶ》ってやろうと思ったので、このことを白浜画伯に語ると、彼は驚いて押し止め、

「そんな好奇《ものずき》なことをしたまうな。僕はたとえ千万金を貰っても、再びあんな恐ろしい場所に行こうとは思わぬ。危い危い、そんな冒険をやるのは無益なことだ」

と言ったが、私は微笑を浮かべて首《こうべ》を振り、

「イヤそうではない。日本人たる君が、ロシアの旅館で幽霊に悩まされて来たのだから、僕は友人の義務としても、ぜひともその正体を見届けて来ねばならぬ。待っていたまえ。僕は十数日ならずして、必ず幽霊旅館の秘密を看破って来るから。しかしこのようなことは他へ知れると、すこぶる仕事の邪魔になる。僕が無事で帰って来るまでは、決してこのことを他言したまうな」

としきりに押し止める白浜画伯を無理に説き伏せ、それから十数日の後、私はついに単身幽霊旅館の探検に向かうこととはなった。

私の滞在している露京から、幽霊旅館の存在している地方までは、二百二、三〇露里はあるだろう。ウオロツクタと言うところまで汽車で行き、それから馬車で向かうつもりである。

私は多少武術の心得もある上に、多年一種不可思議なる催眠術を研究しているので、

この催眠術を研究したならば、必ず幽霊の正体を看破ることができると確信しているのだ。

（八）恐るべき祟《たた》りがある

旅の人何処へ行くのだ——それとなく引き留める——村まで三露里
あの巨大な建物は何だ——宿屋は宿屋だが——爺さんありがとう

幽霊旅館を探検するため、私が単身露京《ろきょう》〔サンクトペテルブルグ〕を出発したのは、夏すでに過ぎて、秋風のそよそよと吹く頃であった。

道中のことは煩褥《くどくど》しく記すまい。露京からウオロツクタというところまで汽車で行き、そこから乗合馬車で旅行すること四日の後、オネガ湾頭のオネガ市を過ぎて、はやかの幽霊旅館の存在している地方の数里手前に来た。

ここまで来ると私はわざと馬車を下り、あまり人目に着かないよう徒歩で進んだ。かの渡船場へ行く方角は、露京を出る時白浜画伯からよく聴いておいたので、途中ずいぶん迷いそうな場所もあったけれど、幸い道を迷わずだんだん進んで行くと、日の入る頃果たして濁流滔々たる大河の畔《ほとり》に出た、見れば行途《ゆくて》の方《かた》には画伯の語った通りな渡船場が見え、渡船の中には禿頭の船頭ただ一人ポツネンとして大欠伸《あくび》をしていた。

ハハアあの老船頭だなと思いながら、私は静かに歩み寄って突然渡船の中に飛び込むと、老船頭は驚いて立ち上がり、私の姿を見上げ見おろし、空を仰いで、

「お前様旅の人だな、もう日が暮れかかったに、この渡船場を渡って何処へ行くのだね」

と問う。

私は何知らない顔で、

「実は道を迷ってこんな土地へ来たのだが、今まで通って来た数里の間には一軒も人家がないから、この先へ行ったら村があるだろうと思って渡船場を渡るのだ。この先どのくらい行ったら村があるだろうね」

「さようさ、三露里も行けば村はあるが、道が迷い易くなっているので、日が暮れては

この地方の人でなければなかなか行かれないよ」

「それまでの間に何処か泊る宿屋《やどや》はあるまいか」

「ないよ。お前様の泊るような宿屋はないよ。旅の人で日が暮れたにこれから先へ行けば、ずいぶん淋しいところもあるし、途中でどんな災難が起こらないとも限らない。どうだね、汚ない破家だが、俺《わし》の渡船場へ泊まって行かっしゃらないか」

と言う。

　現在大河の向岸には幽霊旅館があるのに、お前様の泊るような宿屋はないと言うのは、口に明らかに言うことはできないけれど、私が危難に遭うのを気の毒に思って、それとなく引き留めるつもりであろう。私は心中でその親切を謝しながらも、元来その旅館を探検に来た身である。どうしてもこの渡船場を渡らねばならないから、しきりに道を急ぐふうをして、

「ああそうかね。しかし、お前さんの渡船場へ泊ったとて柔かい寝台も旨い食事もあるまいと思うから、僕は三露里あっても四露里あってもこの先の村に行くつもりだ。ナアニ夜になったとて道の分からないことがあるものか。サア早く船を」

と言えば、老船頭もこう言われては詮方なく、ああ気の毒な人だと言わないばかりに私の顔を眺め、

「それでは仕方がない出しますべい」

と、櫂を漕いで静かに船を出した。

しばらくは老船頭も無言である、私も無言である。

しかるに渡船が大河の中流まで出た時、私は眼を放って前方を眺めると、険山《けんざん》は天空を摩し、深林は果てしなく連なり、いかにも四辺の景色が物凄く見えたが、ただ見る彼方の岸から数町離れて、険山の削れるごとき絶壁の麓に、一点の灯火《ともしび》が木の間がくれにチラチラと光り、まだ日が暮れきらないので、幽霊旅館と覚しき巨大《おおき》な建物の屋根が微かに眼に入った。

私はそれを見付けるや否や、その方角を指して、さも訝《いぶ》かり怪しむような調子で、

「爺さん、お前はこの近辺に宿屋のような物はないと言ったが、あそこにあんな巨大《おおき》な建物が見えるではないか、あれは確かに宿屋のようだぜ」

と言えば、老船頭はああ悪い物を見付けたと言わないばかりに、それでも隠すことはで

きず、

「そうさね、宿屋は宿屋だが、お前様あんなところへ泊らずともよいではないか。それより無理にも三露里先の村へ行けば、もっといい宿屋はたくさんありますぜ」

と言う。

「何故だね、あんな巨大《おおき》な宿屋があるのに、泊っていけないと言うのは不思議だね」

と、私はわざと空惚《そらとぼ》けて問えば、老船頭は口をモグモグさせながら、

「何故というわけはないが、俺《わし》ただそう思うだよ」

と、なんだか奥歯に物の挟まったように、あれは幽霊旅館だよと言いたくても言うことのできないのは、老船頭全く幽霊の存在を信じて、その祟《たた》りを恐れているためであろう。

私は心中で独り頷きながらも、顔には少しもそんな色を現さず、黙って空を仰いでいると、そのうちに渡船は彼方《かなた》の岸に着いた。

私はすぐに岸に飛び上がり、

「爺さん、ありがとう」

と、若干の渡船銭を払って幽霊旅館の方角に向かって歩き出すと、老船頭は懸念に堪え

ないように、船中に伸び上がって長く僕の後姿を見送っていた。

（九）意外なる美しき女

あなた御泊りでございますか——面喰って握手した——暗い廊下
白浜画伯の悩まされた一室——居睡——サアなかなか眠られぬ

渡船から岸に上がった私は、老船頭が心配そうに見送っているので、あまり心配を掛けては気の毒だと思い、はじめの間は遥か遠き村の方角へ行く風を示し、幽霊旅館の方は見向きもせずに進んだが、だんだん老船頭との間が遠くなって、木立に遮られ、もはや双方の姿が見えなくなると、私は急に横に外《そ》れ、雑草に蔽われた小径《こみち》を過ぎて、かの険山の麓の幽霊旅館に近く来てみると、なるほど古びたペンキ塗の馬鹿な巨大《おおき》な建物である。前には深そうな谷河が流れ、それに欄干《てすり》も朽ち果てた小橋が懸かっているので、私は小橋を渡って入口に進み寄り、朧《おぼろ》に照らす灯火《ともしび》を仰ぎ見ると、その下の看板には、

「永夢《えいむ》旅館」の四字も微かに読まれた。

もう日は暮れている。

時分はよしと私は入口の石段に上がり、

「頼む頼む」

と、二、三度声高く呼んだ。昔はベルも付いていたろうが、今はそんな物もないのである。

かねて白浜画伯の話を聴いているので、私は二、三度呼んだとて容易に返事はあるまい。ようやく返事があったにしても出て来るのは、六〇余の意地の悪そうな白髪頭の老婆であろうと思っていたのだ。

しかるに意外にも、私が二声ばかり訪《おとな》うと、すぐに奥の方に艶々《つやつや》しい返事があって、同時に軽い足音が此方《こなた》に近づき、

「どなた」

と言いつつ扉を開けたのは、白髪頭の婆さんではない。年の頃一八、九の美しい女であった。顔には艶麗《えんれい》な化粧を施し、田舎には珍しいほど華美《はで》な衣服を着て、何処かへ出て

行くところでもあったろう。私の姿を一目見るより、

「あなた、お泊りでございますか」

と、艶《なまめ》めかしく問うのだ。

私は意外に驚きながらも、何気なき体《てい》に、

「そうです、旅の者で道を迷い、ようやくお宿の側へ来たのです。お差し支えなくばどうか泊めていただきたいものですが」

と言えば、件《くだん》の美人はにっこと笑い、

「ようございますとも、こんな汚い家ですが、お構いなくば、どうかお泊りあそばせ」

と、雪のように白い右手《めて》を出して握手を求めた。

これには私も面喰ったが、礼法だから仕方がない握手すると、美人の手は実に暖かく柔かく、私はあたかも電気に触れたように感じた。

「サアお上がりあそばせ、お部屋へご案内いたしましょう」

と、美人は片手で手燭を持ち、片手で私の手を引くようにして導くのだ。

私は狐につままれたように感じた。あの白髪頭の老婆とやらはどうしたのだろう。ま

さか梅干婆がこんな美人に化けたのではあるまい。ことによるとここは幽霊旅館でなくて、世にも忌むべき淫売旅館かも知れぬなど、思いながら、暗い廊下を幾曲りかして、ついに連れ込まれたところは、この部屋の最も端の一室であった。

美人は私をこの部屋に連れ込むと、恥かしそうに室内を見廻して、

「こんな汚いところなのでございますよ。どうか一晩だけご辛抱下さいませ。何もご馳走はございませんが、今すぐにご夕食を持って参りますから」

と、私を椅子に腰掛けさせて立ち去った。

美人の立ち去ったあとで、私は独り室内を見廻すに、いかにも汚い部屋である。窓は北向きに付いていて、古びた寝台には古びた毛布（ブランケット）が載せてあり、室内の一方の壁には、幽鬱極まった顔をした婦人の肖像画が、今にも落ちそうになって懸かっている。

私は一々思い当たるので、

「ハハア、白浜画伯が悩まされたのは、この一室だな」

と思っているうち、美人は一塊の黒パンと数片の冷肉とを皿に載せて運び来た。

「本当にこんな田舎ですから、ご馳走はちっともないのでございますよ。お口には合いますまいがどうか召し上がって下さい」

と、それらの品を卓上に載せ、すぐにこの部屋を立ち去ろうともせず、

「あなた、何処から入らっしゃったのでございます。ご旅行中定めて面白いこともたくさんおありでしたろう」

などと、しきりに愛相《あいそう》よく話しかける。

私はかえってなんだか薄気味わるく、一々いい加減な返事をして黒パンと冷肉とを喰べ終わり、早くこの美人にこの部屋を立ち去ってもらおうと思うので、ひどく旅行に疲れたふうを装い、わざと居眠りをして見せると、美人は全く私を眠い者と思い、

「それではお寝みあそばせ、わたし毛布（ブランケット）を掛けて上げましょう」

と、何処までも世話を焼くのである。

「ありがとう。ありがとう。私一人で寝ます」

と、ようやくのことで美人を追っ払い、さて私は夜中にどんなことが起こるかも知れないから、着の身着のままで寝台の上に横たわったが、サアなかなか眠られぬ。イヤ寝て

しまっては仕方がない。いつまでも眠らずにいて、この家の秘密を捜《さぐ》らねばならないのだ。

(一〇)催眠術作用

手燭はまさに消えんとす——廊下に一種異様な足音——ハット我に復った
窓から真白な手——身の毛がよだつ——バッタリと倒れた

私は寝台の上に横たわったが、幽霊の出るという真夜中までは、まだなかなか時間がある。私は旅行中の怠屈《たいくつ》を紛らすために、ポケットに一冊の小説本を入れて持って来たが、手燭が暗いのでとても読むことができぬ。イヤ読むことができるにしても、手燭を枕《まくらもと》許近くにおいては、此方の顔が照らされて万事に不都合なので、私は手燭の遠く入口の方にあるのを結局幸いにして、ただ薄暗い部屋の天井を眺め、いろいろさまざまのことを考えているうちに、草木も眠る真夜中近くになると、たださえ淋しいこの片田舎、あたりは塵の落ちるのも聴えるほど静かになり、私はどういうものか眠気がさして堪らなくなった。寝てはならないと思いつつも、思わずうつらうつらとなったが、この時私は夢でもなく現《うつつ》でもなく、なんだか一種異様な響きの微かに耳に入るのを覚え、ハッと我に復《かえ》って眼を開いて見ると、室内の手燭はまさに消えんとして消えず、一種異様な響きは確かに聴こえる。なんでも廊下の彼方から、人のひそかに歩いて来るような足音で、それがだんだん此方《こなた》へ近づき、私の部屋の扉の外まで来るとピッタリと止まった。

「それ、お出でなすった」

と思ったので、私は眼を開けていてはいけないから、すぐに眼を閉じ、寝たふうを装っていると、その物は扉の鍵穴から室内の様子を窺っているようだ。

今に入って来るかと思ったが、なかなか入って来る様子はなく、やがてその物は、私の寝静まりているのを見定め、廊下を彼方へ立ち去る足音が聴えた。

「オヤオヤ、変な幽霊だわい」

と思っているうち、その足音が消えてからしばらくすると、今度は北向きの窓の下の方に、忍びやかに人の近寄って来るような足音が聴こえた。

「ハハア、幽霊は北向きの窓から入って来るのだな」

と思い、私は音せぬよう寝返りして、その方に顔を向け眼をごく細く開いて見ていると、なんだか幽霊の長い髪が、サラサラ、サラサラと、窓のガラスに触れるような音が聴こえ、間なく窓の扉はギーと上の方に上がって、そこから細い真白な手がヌッと現れ、破れ汚れた垂幕を少し横に掻き開いて、なんだか白い物が室内を窺き込んでいるようだ。

外は星光《ほしあかり》のみで薄暗く、かつ私は空眠りをして、寝ているとしか見えないほど眼を細く開いているので、とてもその物の正体を見定めることはできないが、どうも幽霊の姿である。今度こそはその窓から入って来るだろうと、私は息を殺して待っていたが、やはり容易に入って来る様子はなく、私の寝息を窺うことしばらくの後、いつの間にか窓から消えてしまった。

「いよいよ合点が行かない、どうするつもりだろう」

と、私もそろそろ薄気味悪くなったが、これから十分間経つか経たないに、またまた廊下の方から、一種異様な響きが聴こえて来た。

なんでも女の長き裳《もすそ》が、歩くたびにサラリサラリと摺れるような音で、古びた家の長廊下を、ミシリミシリと此方へ近づいて来るのだ。

この時幽霊の開いた北向きの窓からは、一陣の冷たい風がスーと吹き込んで、まさに消えなんとしていた手燭を吹き消してしまった、室内は暗くなってしまったのである。

しかしこの手燭の消えたのは、私のためには却って幸いである。室内は暗くなったので、彼方《かなた》から来た何者かは、たとえ扉を開けて入って来たところで、私の顔を明らかに見ることができないだろう。私が眠っているか醒《さめ》ているかを、すぐに見定めることはできぬだろう。その間に私はある術を施そうと思うのだ。

私は三たび寝返りして扉の方に顔を向け、毛布（ブランケット）から眼だけを現し、気を静めて待ち構えていると、そのうちに女の裳の摺れる音と、廊下に響く微かな足音とはだんだん近づき、やがて扉の外にピッタリと止まり、二、三〇秒間室内の様子を窺うようであったが、しばらくすると扉はスーと開き、音もなく何物かが入って来た。

物凄き女の姿である。真っ白な衣《ころも》を着て、髪ふり乱し、灰色の被衣《かつぎ》を頭から被っているが、僅かに洩れる顔の色も、なんだか真っ青に思われる。

これぞまさしく白浜画伯の見た幽霊に相違ない。何人もこんな姿を見たならば、身の毛をよだてずにはいられないだろう。

幽霊は扉口にスーと立って、怨めしそうに此方を見つめている。私も実際身の毛のよだつのを覚えたが、ここぞと思うので一念を定め、暗いところから両眼を見開いてじっと幽霊の両眼を見つめた。

スルと幽霊はあたかも電気に打たれたよう、四、五〇秒間は身動きもできなかったが、しばらくするとフラフラ、フラフラと、足も地に着かず私の方によろめき来たり、バッタリと寝台の上にうつぶせに倒れた。

私の秘術は必巧《ひっこう》したのである。これぞ私が多年研究した、一種不可思議なる催眠術で、幽霊は全く私の催眠術にかかったのだ。

私はすぐに寝台の上に跳ね起きた。幽霊は既に昏睡して、死人も同然のありさまである。この催眠術にかかった者は、三六時間はどんなことをしても覚めぬので、もうこうなっては幽霊といえども、私の自由になる他はないのだ。

私は直ちにポケットから、こんな時の用意にと持って来た秘密灯を取り出し、これに火を点ずるや否や、幽霊を引き起こしその被衣《かつぎ》を排《ひら》いて顔を見ると、顔は青粉で物凄く彩られているが、これ見紛うべくもあらぬ。先刻私をこの部屋に導いて来たかの美人であった。

「どうもあの美人が怪しいと思ったが、果たしてそうであった」

と、私はその素顔を見てやろうと思い、ハンカチーフで顔の青粉をことごとく拭き落とすと、先刻真白に化粧していた時よりは少し老けているが、色の白い水々《みずみず》した美しい顔が現れた。

「ああこんな、虫も殺さないような美人が、なんのためにこんな恐ろしい真似をするのか」

と、私は秘密灯の光で昏睡せるその顔を見つめていたが、たちまち驚くべきものが眼に入った。これはこの美人幽霊の雪のように白き頬の上に、むかし刀で斬られたと覚しき、古創《ふるきず》の残っているのが微かに見えたのだ。

（一一）昏睡せる唇から

深林中奇異の訊問——メルス女——旅館の女主人
秘密賭博宿——素顔を見られしは大変——トルネア老女

読者諸君！　この古創《ふるきず》にご記憶があるか。過《すぎ》る頃白浜画伯がこの幽霊旅館に泊る前、山中で不思議なる女に逢い、その顔を見ようとしたが、後ろ向きになってどうしても見せず、渡船に乗った時、マッチの光でチラとその横顔を見れば、雪のように白い頬の上に、一痕《いっこん》の古創の微かに残っているのが眼に入ったと語ったろう。

私はその話を聴いた時、どうもその後ろ向きの女が怪しいと思ったが、案の通りその女はこの幽霊旅館に関係のもので、幽霊の姿をして現れたこの美人であったのだ。

私は既にこの幽霊美人を昏睡させて、すべての自由を奪ってしまったので、催眠術の不思議なる作用により、眠れるまま何事も白状させてやろうと思ったが、しかしこの部屋にそんなことをしていては、またどんな者が来るかも知れぬと思ったから、私はすぐに昏睡せる幽霊美人を肩に掛け、幽霊即ちこの美人が先刻開いた北向きの窓から部屋の外に出で、その辺にたとえ悪人の仲間がいても見付けられないよう、地面を這うようにして谷河の小橋を渡り、幽霊旅館から二、三町西方の険山の麓の深林の中に入り込み、ある大木の下に幽霊美人を仰向けに寝せ、片手を美人の胸に当て、片手に秘密灯をもってその顔を照らし、眼《まなこ》を定めてじっと眉の辺を見つめつつ、あたかも裁判官のごとく厳《おごそ》かな声で問うた。

「コレ、幽霊の姿せる女、このような運命になったら何事も白状せねばならないぞ。お前の名はなんと言うか」

実に催眠術の作用は恐るべきもので、かく問われると昏睡せる美人の唇は微かに動き、少しも隠すことはできず、

「メルス女《じょ》と申します」

と、眠れるままハッキリした声で答えた。

「お前は幽霊旅館といかなる関係があるか」

「わたしは旅館の女主人です」

「あの旅館にはお前の外いかなる者がいるか」

「召使いのトルネア老女と、良人《おっと》のリバジイと、手下のブロンガと、それにわたしを加えて四人限りです」

「トルネア老女というのは、過《す》ぐる頃白浜画伯という余の友人が来た時、その取り次ぎに出た六〇余の老婆か」

「そうです」

「お前は何故幽霊のごとき姿をして旅人を悩ますのだ」

「はい、あそこは本当の旅館ではありませんから」

「本当の旅館でないと言うのは？」

「以前はかなりの旅館でありましたが、あのように古びてしまっては、営業を続けるわけにも行かず、かつ数年以前に泊った一人の年若い女の旅人が、あの旅館の一室で首を縊《くく》ってからは、誰言うとなく幽霊旅館という噂も立ち、この頃では滅多に泊る旅人もありませんので、旅館の方はほとんど廃業のありさまとなり、今ではこの辺の山賊の秘密賭博宿となっているのです」

「山賊の秘密賭博宿? フム分かった、それでは何故旅館でないのに、旅館の看板を出しておくのだ」

「それには種々の理由があります。第一警察の眼を昏《くら》ますためです。なんの職業もなくあんな巨大《おおき》な建物を構えていれば、すぐに警察の疑いを招き、ついには秘密賭博宿ということが露顕に及びます。それにはとにかく旅館という看板を掲げておけば、容易に疑いを招く惧《おそれ》がありません」

「実に警察を馬鹿にしたものだ。そこで第二の理由と言うのは?」

「第二の理由というのは、やはり何も知らない旅人を引き寄せるためです」

「旅館は廃業と同然だと言ったではないか」

「泊る人がないから廃業も同然ですが、泊る人があれば何時《なんどき》でも泊めます」

「泊めておいて何故お前は、幽霊の姿などをして悩ますのだ」

「路銀を奪うためなのです」

「単に路銀を奪うためならば、何もそんな真似をせずとも、旅人を殺してしまうなり、麻酔剤を用いて奪い取るなり、いくらも簡単な方法があるではないか」

「イイエ、それはいけません。旅人を殺してしまっては、第一死骸の仕末にも困りますし、またあの旅館に泊った客が、どうも出て来た様子がないと言われては、たちまち警察の疑いを招きますから、そこでわたしはトルネア老女とも相談の上、かつてこの旅館で若い女の旅人が首を縊《くく》り、幽霊旅館と言う噂の立っているのを利用して、わたしは恐しい幽霊の姿となり、あるいは物凄い足音を聴かせ、あるいは窓を開けて夜の冷やかな風を入れなどし、種々の方法を用いてその旅人に眼を醒させ、わたしの恐ろしい幽霊の姿を見せますと、どんな人でも一目見て身の毛をよだて、わたしの命令するままに、いかなる深夜でも幽霊旅館を立ち去ります。スルトわたしはその旅人の立ち去る方角を見定め、旅館の窓にあるいは赤い光、あるいは青い光を現して、かねて彼方の深林に隠れている仲間の者に、旅人の立ち去る方角を示しますと、その者はほどよき場所で突然旅人の前に現れ、ピストルを突き付けて路銀やすべての貴重品を奪い取るのです」

「実に狡猾《こうかつ》なことを考えたものだ。なるほどこの地方に山賊の出没することは隠れもないことなので、いったん旅人を旅館から立ち去らして路銀を奪い取れば、旅人は山賊の難に罹《かか》っても、それは何も幽霊旅館と関係のないことだと思うのだな。そのようなことをして今日まで世間を欺いていたのか。実に憎むべき振る舞いである。シテ山賊になって旅人を襲うお前の仲間と言うのは何者だ」

「良人のリバジイと手下のブロンガとです。今夜も彼方《かなた》の深林に隠れて、今に相図《あいず》があるだろうと待っているでしょう」

「過《す》ぐる頃、余の友人白浜画伯を襲った山賊も、やはりお前の良人であるか」

「そうです」

「その日お前は山中で白浜画伯に出会いながらも、何故後姿《うしろすがた》ばかり見せて、渡船に乗った後も顔を見せないようにしたのだ」

「あの日、わたしはうっかりして化粧もせずに外へ出たので、頬の古創《ふるきず》を見られるのが厭な上に、山中で良人といろいろ悪い相談をしているところへ、あの旅人が背後に現れたので、もしやその相談を立ち聞きされはしなかったかと気遣《きづか》い、またその旅人は露京《ろきょう》〔サンクトペテルブルグ〕から来たらしい人なので、素顔を見られて万一わたしの素性を知られては大変と思い、なんでも顔を見せないようにしてしきりに逃げたのです」

（一二）画伯へ三個の土産

カシエム男爵夫人——二年以前良人を殺せし女——幽霊ではない妖女だ
四〇〇ルーブル入りの財布——記念の金時計——画伯は閉口するだろう

昏睡せる幽霊美人の語るところは、いよいよ出でていよいよ奇怪である。私は更に深く知ろうと思い、声も一層厳かに、

「フム、素性というか、お前の素性は何者だ。一体その頬の創痕はどうしてできたのだ」

「この創痕ですか。これはかつて露京にいて、わたしがまだカシエム夫人と言っていた時分、今の良人《おっと》リバジイは下僕の身分でわたしと共謀し、旧《もと》の良人《おっと》カシエム男爵を真夜中に刺殺《きりころ》そうとした時、首尾よく目的は達しましたが、過《あやま》って頬に受けた創痕《きずあと》なのです」

もうこれだけ聴けばたくさんである。私は何事も分かった。ことに昏睡せる幽霊美人

が、最後の答弁は実に意外であった。今から三年以前、露京でカシエム男爵夫人が下男と共謀し、真夜中にその良人なる男爵を刺殺し、多くの金銀をもって逃亡したことは、当時全ロシアを驚ろかした珍事で、警察でもずいぶん二人の行方を探偵したが、どうしてもそのありかが分からなかったところ、彼らはこの淋しい片田舎に来たり、男爵夫人は名をメルスと改め、巧妙な化粧法で顔も姿も全く変えてしまい、人の恐れる幽霊旅館に身を潜め、このような悪事を働いておったとは、ああこれで分かった。この美人がしきりに化粧に苦心するのも、その素顔を他人に見られないためだろう。過ぐる頃白浜画伯の眼からしきりに逃げるようにしたのも、化粧をしていなかったので、その素顔を見られるのを恐れたためだろう。

そうしてこの美人が旧《もと》の良人《おっと》なるカシエム男爵を殺した時には、確か二〇歳と新聞に出ていたから、今一八、九歳に見えるものの決してその時分より若くなる気遣《きづかい》はない。若く見えるのは化粧法の巧妙なためで、その実二三、四歳になっているのである。

ああ、この美人は幽霊ではなかった。しかし幽霊よりもモット恐るべき妖女であったのだ。

既に幽霊の正体を看破ったので、私はついでのこと、彼方《かなた》の深林に隠れているという、二人の悪賊、即ちこの幽霊美人の良人と手下とを捕えてやろうと思い、すぐに一計を案じ出し、昏睡せる美人を真裸《まっぱだか》にして、その幽霊の装束をことごとく奪い取り、それを私の洋服の上から着用し、灰色の被衣《かつぎ》をも深く頭から被った。これで今度は私が幽霊になったわけだ。昼見たらすぐに化《ばけ》の皮は現れるが、星光《ほしあかり》さえもなんだか暗い深夜だから、誰の眼にも容易に正体の分かる気遣はあるまい。

そうしてこの裸体《はだか》にした幽霊美人は、ここへこのまま寝かしておく時には、何処《どこ》からどんな者が来て連れて行くかも分からないから、私はそれを側《かたわら》の大木の梢へ担ぎ上げ、細紐をもって厳重に太い枝に縛り付けた。裸体の美人が大木の高い枝に縛り付けられてあるのは、あまり見られたふうではない。しかしこうしておけば、三六時間はどうしても昏睡から醒《さ》めないゆえ、その間に何者かがこの辺に来ても、まさか大木の梢に裸体の美人が縛り付けてあるとは気付くまい。

そこで私はこの深林《しんりん》を出で、二人の山賊が隠れていると幽霊美人の白状した、彼方《かなた》大河に近い深林の方へ歩んで行くと、およそ二、三町も進んだと思う頃、たちまち彼方の深林から立ち現れ、ノソリノソリと此方《こなた》に向かって来る二個の黒い物がある。言うまでもなく幽霊美人の仲間なる悪賊に相違ないのだ。

それを見ると私は直ちに歩行を止め、右手《めて》を挙げて静かに指し招いた。私が幽霊美人に化けているとはさすがの悪賊も看破《みやぶ》り得ない。たちまち彼方から声を掛けて、

「オイそこに立っているのはメルス女《じょ》ではないか。さっきから、相図《あいず》があるかと待ち兼ねているのに、相図もなければ旅人の出て来る模様もなく、お前自身でここへ来たのは、何か失策をやったのではないか」

と言いつつ、早や私の前五、六歩のところまで来たので、ここぞと私は一念を込め、被衣《かつぎ》の間から両眼を現してじっと睨むと、実にこんな奴には催眠術がかかり易く、二人はたちまち昏睡し折り重なって地上に倒れた。

「案外脆《もろ》い悪人だ」

と、私はもはやこんな二人を責め問う必要もないので、直ちに二賊の襟首を掴んでズルズルと地上を曳《ひ》き摺《ず》り、かの裸体の幽霊美人を縛り上げておいた深林中に引き込み、二賊とも裸体の美人と同じく大木の梢に縛り付け、そのポケットに手を入れてみると、過《す》ぐ

る夜白浜画伯を襲って奪い取った四〇〇ルーブル入りの財布もまだそのままに、記念の金時計も出て来たので、これは画伯へのお土産にと早速取り上げた。三人は催眠術のために全く前後正体もないのである。こうしておけば後から警官が来た時も、極めて容易に捕縛ができるというものだ。

こんなことをしているうちに、東の空は次第次第に白み、深林のそこかしこには小鳥が騒がしく鳴き出し、やがて全く夜明けの景色とはなったので、私は幽霊旅館を彼方を眺めて大河の側に出て見ると、かの老船頭は既に起き出でて、破家《やぶれや》の下を流れる大河で顔を洗っていたから、私は大声を揚《あ》げ、

「オーイ、オーイ」

と手招きをすると、老船頭はすぐに渡船《わたしぶね》を出して此方《こなた》の岸に来たが、私の顔を見るよりさも驚いた様子で、

「お前様は昨夕《ゆんべ》この渡船場を渡ったお客様ではないか。どうして今時分までこんなところにいたのだ」

と問う。

私は何げないていに、

「野宿したんだよ。お前の止めるのも聴かず、あの旅館に泊ったところが真夜中に、それはそれは恐ろしい物を見てな。命からがら逃げ出し、この河畔で夜の明けるのを待ち兼ねていたのだよ」

と言えば、老船頭はそうだろうと言わないばかりに打ち頷き、気の毒そうに私の顔を眺めた。

「大方そうだろうと思った。お前様見て来たのならもう言っても構わないが、あの旅館には幽霊が出るのだよ。先だってもお前のような旅人が、あの旅館では幽霊に悩され、逃げて来る途中では山賊に襲われ、夜中の寒いのにこの大河を泳ぎ渡り、泣きそうな顔をして俺《わし》が破家へ逃げて来たっけ」

と語る。それは白浜画伯のことである。私は心中可笑《おか》しくって堪らないが、その時この老船頭は白浜画伯に親切を尽くしたと聴いたので、私は画伯に代わって恩を返すつもりで、渡船が彼方の岸に着くと余分の金銭をも与え、ただ一言、

「今にたくさんこの渡場のお客さんが来るかも知れないが、あんまりびっくりしてはい

けないぜ」

と言い残し、それよりひたすら道を急いで、この片田舎に最も近きオネガ湾頭のオネガ市に到り、早速警察を訪《と》うて事の顛末をくわしく語ると、署長初め驚いたの驚かないのではない。どうも幽霊旅館は怪しいと思っていたところなので、一同は早や血眼になり、一隊二〇余名の警官は、即時出発して幽霊旅館の方角へ向かった。今から数時間の後には、かの渡船場の老船頭は何事が起こったかと、こんなに大勢警官の来たのにまず驚き、次に深林の大木に縛り付けておいた、裸体の幽霊美人とその仲間の二賊とは、まだ昏睡せるまま易々《やすやす》の警官の手に捕えられ、久しい間旅人を悩ました幽霊旅館はたちまち包囲され、トルネア老女とかいう悪婆はいうまでもなく、もしそこに他の山賊でも賭博を打っていようものなら、ことごとく警官の捕縄に縛り上げられてしまうことだろうテ。

　私は多年研究した催眠術の作用で、幽霊の正体を看破《みやぶ》ったので愉快で堪《たま》らない。今や露京に向かって帰途を急いでいる。私はこの探検を思い立たせた白浜画伯に向かって土産を持っている。それは先生が幽霊に悩まされ山賊に襲われて、一旦巻き上げられた四百ルーブル入れの財布と、極めて大事にしていた記念の金時計と、そうして幽霊のないという話とである。

私は白浜画伯に会ったらすぐに、先生が過日私に語ったような口調で、

「君！　現世には決して幽霊はない。あると思うのは臆病だからだ。僕は現在君の悩まされた幽霊を裸体《はだか》にして、こんなお土産を持って来たよ」

と、一番大いに凹《へこ》ましてやるつもりだ。

白浜画伯はきっと頭を掻いて閉口し、お土産の四〇〇ルーブル入りの財布と金時計とを手に取って、

「ヤア、これはこれは」

とばかり、非常に恐悦《きょうえつ》することだろう。

黄金の腕環

(一) 伯爵の別荘

流星の飛ぶのを見るのは、余り気味の好《よ》いものではない。シーンとした真夜中頃、青い光がスーと天空から落ちて来る有様《ありさま》は、あたかも人魂《ひとだま》でも飛んで来たよう。それが眼に入った瞬間は、誰でもハッと思い、流星の落ちたと覚しい淋しい場所へは、よほどの勇士でも、どうも恐ろしくて行き兼ねるということだ。

しかるにこの流星に関し、花のように美しい一人の少女が、世にも面白い手柄を立てた話がある。

ところが英国のある海岸に、一軒の立派な家がある。これは老貴族松浪伯爵の別荘で、伯爵は極く愉快な人物、それに三人の娘があって、いずれも絶世の美人と評判が高い。頃は一二月三一日の夜、明日はお正月という前の晩だが、何不自由ない貴族のことと て、年の暮れにテンテコ舞いするようなことはない。一家は数日以前からこの別荘に来て、今宵も三人の娘は先ほどより、ストーブの熾《さか》んに燃える父伯爵の居間に集まり、いろいろ面白い談話に耽《ふけ》っている。その面白い談話というのは、好奇《ものずき》な娘達が頻《しき》りに聴きたがる、妖怪談や幽霊物語の類《るい》で、談話《はなし》上手の伯爵が、手を振り声を潜《ひそ》め眼を円くして、古城で変な足音の聞こえたことや、深林《しんりん》に怪火《あやしび》の現れたことなど、それからそれへと巧みに語るので、娘達は恐ければ恐いほど面白く、だんだん夜の更けるのも知らずにいた。するとこの時たちまち室の扉がスーと明《あ》いて、入って来たのはこの家の老家扶《かふ》で、恭《うやうや》しく伯爵の前に頭を下げ、

「殿様に申し上げます。唯今これなる品物が、ロンドンの玉村侯爵家より到着致して御座います」

と、一個の綺麗な小箱をテーブルの上に戴《の》せて立ち去った。

玉村侯爵とは松浪伯爵の兄君で、三人の娘には伯父君に当たっている。よほど面白い人で、時々いろいろ好奇《ものずき》なことをする。

伯爵は侯爵の送って来た箱を開けて見て、

「ヤア、非常に綺麗な腕環が入っている」

と、ダイヤモンドや真珠の鏤《ちりば》めてある、一個の光輝《こうき》燦爛《さんらん》たる黄金の腕環を取り出した。

一番年長の娘は、すぐにそれを父伯爵の手から借りて見て、

「まあ、なんという綺麗な腕環でしょう。これはきっと伯父様から、私に贈って下さったのですよ」

と言えば、二番目の娘は横合いから覗き込んで、

「いいえ、伯父様は私と大の仲好しですもの、私に贈って下さったに相違はありません」

と争う。

三番目の娘はその名を露子という。三人の中でも一番美しく、日頃から極く温順な少女なので、この時も決して争うようなことはせず、黙って腕環を眺めている。

父伯爵は微笑を浮かべて、

「イヤ待て。腕環は一個で、娘は三人、誰に贈るのか分からぬ。何か書き付けでも入っているだろう」

となおよく箱の中を調べて見ると、果たして玉村侯爵自筆の短い書面が出た。伯爵は手に取ってそれを読み下せば――

一、この腕環は、玉村侯爵家に、祖先より伝われる名誉ある宝物なり。新年の贈り物にと貴家に呈す。但し一個の外《ほか》は無ければ、三人の令嬢の内、この年の暮れに、最も勇ましい振る舞いを為《な》した人、この腕環を得《う》べき権利あり。而《しこう》してこの腕環を得し人は、同時に更に多くの宝物を得《う》べき幸運を有す。

と書いてあった。

(二) 三人姫君

「オヤオヤオヤ」

と、一番目の娘と二番目の娘とは顔を見合わせた。

伯爵は三人の娘の顔を打ち眺め、黄金の腕環を再び自分の手に取って、

「玉村侯爵は相変わらず面白いことをする人だ。この腕環は侯爵家の祖先照子姫《てるこひめ》という人の用いたもので、世の貴婦人達の羨む珍品である。これを三人の娘の内、この年の暮れに最も勇ましい振る舞いをしたものに与えるという。しかし年の暮れといえば、今日

は一二月三一日の夜、今夜中に誰が一番勇ましいことをするか、私はそれを試験する役目を帯びている」

「どんな試験をなさるのです」

と、一番目の娘は問うた。

「サア、どんな試験をしたら宜《よ》かろう」

二番目の娘は父伯爵の顔を見上げ、

「そしてお父様、玉村侯爵のお手紙に依《よ》ると、この黄金の腕環を得た者は、同時に更に多くの宝物を得《う》べき幸運を有すると書いてありますが、その宝物とはどんなものでしょう」

「どんな物かは、それは後で分かるだろう。とにかく私《わし》は今、頻りに今夜の試験方法を考えているのだ」

と、快活なる伯爵は小首を傾けて、凝乎《じっ》と窓から外を眺めている。どうもその様子がなんだか意味有り気なので、三人の娘も眼《まなこ》を上げて、窓のガラスを透して外を眺めると、今夜は朧月夜《おぼろつきよ》であるが、既に夜は更けて天地万物眠れる如く、はるか彼方の森林では梟《ふくろう》の鳴く声も聞こえ、実に物凄いほど静かな有様である。

途端！　一同は思わずハッとした様子。それは何故かというに、今しも不意に一つの巨大《おおき》な流星が空中に現れ、青い光は東から西へ人魂の如く飛んで、彼《か》の梟の鳴いている森林の辺でスーと消えて仕舞ったのを見たからだ。

「マアなんと言う巨大《おおき》な流星でしょう」

と、一番目の娘も二番目の娘も眼を円くして叫んだ。

するとこれを見た伯爵は、たちまち何か考え出した様子で、

「オオ、面白い試験方法が胸に浮かんだ」

「どんな試験方法です」

「他でもない。あの流星というものはなんだか気味の悪いもので、それが落ちたと覚しい場所へは、よほどの勇士でもその夜すぐに行くのは厭がるという。そうして昔からの口碑《いいつたえ》にも流星の消えた場所には何か不思議な物が落ちていると言われている。それは本当か嘘か分からぬが、とにかく今あの淋しい森林の中へ流星が落ちた。和女《そなた》らは未《ま》だあの森林の中へ入ったことはあるまいが、随分変わった場所だから、誰でも今夜あの森林

を一番奥まで探検して、果たしてそんな不思議な物が落ちているか否か、最も正確に林中の模様を私《わし》に報告した者をば、今夜一番勇ましい振る舞いをした者と認め、私《わし》は玉村侯爵に代わりこの腕環を与えることとしよう」

「まあ厭《いや》な試験方法ですこと」

と、一番目の娘も二番目の娘も叫んだ。

「いやなら仕方がない。権利を抛棄《ほうき》するまでさ。その代わりこの腕環を貰うことは出来ないぞ」

腕環の貰えないのは閉口である。

「それなら参りましょう」

と二人とも答えた。

伯爵は三番目の娘の露子に向かって、

「露子、和女《そなた》はどうじゃ」

露子はこの時初めて口を開き、

「ハイ、私《わたし》なんだか恐いように思いますけど、お父様のおっしゃることなら参りましょう」

かくて相談はきまり、三人の娘は一人ずつ流星の落ちた森林を探検することとなった。

まず一番先に出かけたのは一番目の娘であったが、ただ一人小さい角燈《かくとう》〔ガラスで四面を張ったランプ。ランタン〕を下げて家を出ると、朧月夜《おぼろづきよ》に風寒く、家を離れれば離れるほど四辺《あたり》は淋しくなって、やがて森林の側まで来て見れば、林中は真っ暗でなんだか化け物でも潜んでいるよう。どうしても踏み込んで探検する気にはなれず、一歩進んでは二歩退《しりぞ》き、二歩進んでは三歩退き、その間に独り思うには、この林中には立木と草のあるばかり、流星が此処《ここ》で消えたとてなんの不思議な物が落ちているものか。好奇《ものずき》にこんな気味の悪い森林に入るよりはこのまま此処《ここ》から家に帰り、お父様に林中の有様を問われたら、森林を残る隈なく探検しましたが、ただ立木と草のあるばかりで、不思議な物は少しも見えませんでしたと答えよう。この方がよほど利口であると、娘の癖に狡猾《ずる》いことを考え、来る時の足の遅さとは反対に、飛ぶように家へ帰って来た。

次に行ったのは二番目の娘であったが、この娘は姉様《あねさま》より更に臆病なので、森林の側まで行くか行かぬにはや身慄《みぶる》いがし、矢張り姉様と同じような狡猾《ずる》いことを考え、一目散に家に帰って来た。

（三）流星の落とし物

今度は三番目の娘露子の番である。露子とて年若い娘の身の、なんで夜の恐ろしさを感じずにはいよう。けれど彼女は極く正直な性質なので、一旦父君に森林を探検して来ると約束した以上は、たとえ生命《いのち》を取られてもその約束を果たさねばならないと思い、森林の側まで来た時は夜もかれこれ一二時に近く、林中には相変わらず梟《ふくろう》の鳴き声も聞こえて、その物凄いことは限りもなかったが、露子は意を決して真っ暗な林中に入って行った。入って見ると、歩行もさほど困難ではなく、彼女はなんでも約束通り探検を果たそうと思う一心で、小さな角燈《かくとう》の光に路《みち》を照らして彼方此方《かなたこなた》と歩いている内に、森林の入口からおよそ四、五町も来たと覚しい頃、前方に当たり一個の驚くべき物を発見した。それは地上三尺ばかりの所に、一点の青い光が幽霊火《ゆうれいび》の如く輝いているのである。

露子はギョッとして立ち止まった。今頃この淋しい林中に、あんな光の点《とも》っているはずはない。実に不思議千万である。イヤ不思議なばかりではなく、誰でも恐ろしく思うだろう。露子はもう此処《ここ》から逃げ帰ろうかと考えたけれど、それでは充分に探検したものといわれない。彼女はこの場合にも父君との約束を胸に浮かべ、妖怪であれ幽霊であれ、是非その正体を見届けねばならぬと決心し、静かに歩んで彼《か》の青い光のすぐ側に行って見ると、更に意外である。幽霊火と見えたのはそんな恐ろしい物ではなく、一個の青色球灯が樹の枝に吊るしてあり、その直下の地面には、青い光に照らされて、一尺四方ばかりの奇妙な箱が置いてあった。

「オヤ不思議だこと。先刻《さっき》の流星がこんな物を落として行ったのではありますまいか。不思議と言えばこの箱こそ実に不思議なもの、持って帰ってお父様にご覧に入れましょう」

と、露子はその箱を持ち上げて見ると非常に重かったけれど、それを両手に抱えて家に帰って来た。

三人の娘が悉く帰って来たので、父伯爵は一同を居間に呼び、まず一番目の娘に向かい、

「和女《そなた》は森林を探検して、何も不思議な物を見なかったか」

と問えば、一番目の娘は澄ました顔で、

「ハイ、林中には立木と草のあるばかりで、隈なく探検しても少しも不思議な物は見えませんでした」

と答えた。二番目の娘も同じように答えた。すると伯爵は三番目の娘に向かい、

「和女《そなた》も矢張り不思議な物を見なかったか」

と言うと、三番目の娘露子は、携えて来た彼《か》の奇妙な箱を室《へや》の隅から持ち出し、

「お父様、不思議と言えば不思議でしょう。こんな箱が森林の中に落ちておりました」

と答えた。

伯爵はその箱を見、この答えを聴くより、たちまち露子の腕を取って、その腕に玉村侯爵から贈って来た腕環を嵌《は》め満面に溢れるばかりの笑みを堪えて、

「露子こそ最も勇ましい振る舞いをしたものだ。この腕環は和女《そなた》の物である。そしてこの箱も私が好奇《ものずき》の玉村侯爵の申し込みにより、あの淋しい森林中に置いて、和女《そなた》ら三人の内、誰が一番勇ましいかを試したもの。侯爵の書面に『この腕環を得し人は、同時に

更に多くの宝物を得《う》べき幸運を有する』とあったのは、即ち勇気ある者が、この箱を取ることが出来ると言うことを意味するのだ。私《わし》は一つこの箱を開けて見せよう。これも総《すべ》て露子の物である」

と言いつつ、ポケットから鍵を取り出してその箱を開けば、中から出て来たのは、金銀宝玉の装飾品数十種、いずれも眩《まばゆ》いばかりの珍品である。

一番目の娘も、二番目の娘も、森林を探検し得なかった臆病《おくびょう》が露見して真っ赤になった。

明日はお正月！　露子はどのように楽しいことであろう。

南極の怪事

（一）

この怪異《かいい》なる物語をなすにつき、読者諸君にあらかじめ記憶してもらわねばならぬ二つのことがある。その一は近頃ヨーロッパのある学者仲間で、地球の果《はて》に何か秘密でも見出さんとするごとく、幾度の失敗にも懲《こ》りず、しきりに南極探検船を出しておること。その二は、いわゆる歴史の黒幕に蔽われたる太古《たいこ》〔おおむかし。大昔〕、邈《ばく》〔ぼんやりとかすむさま〕として知るべからざる時代に、今は蛮地といわるるアフリカ州の西岸、東に限りなき大沙漠を見渡すチュス付近に、古代の文明を集めたる一王国があって、その名は瑠《る》璃岸国《りがんこく》と口碑《こうひ》に伝えられているが、この国の最も盛んなりし頃、一人の好奇《ものずき》なる国王あり。何か物に感じたことでもあったものと見え、あるとき国中の材木を集めて驚くべき巨船を造り、船内の構造をすべて宮殿のごとく華麗にし、それに古代のあらゆる珍宝貨財と、一〇〇人の勇士と一〇〇人の美人とを乗せ、世界の諸国を経《へ》めぐらんとその国の港を出帆した。しかるにその船が南太平洋の波濤《なみ》にもまれているうち、大暴風にでも遭ったものか、それとも海賊に襲われたものか、まったく行方不明になって、南太平洋の波濤《はとう》は黙して語らず。

「どこにどうなってしまったか」という疑問が、数千年過ぎた今なお残っているということ。この二つのこと――すなわち現時ヨーロッパのある学者仲間が、しきりに南極探検船を出しておることと、古代文明国の一巨船が、永久の疑問を残して行方不明になったこととは、表面の観察では何等の関係もないようだ。イヤこうあらためて書けば、なんだか関係のあるように思う人があろうが、考えてみたまえ、数千年以前の物は、石の柱でも今は全く壊《くず》れてしまったほどだ。いわんや木で造った巨船においておやだ。好奇《ものずき》な学者先生いかに探しまわっても、いまさらそのような物の見つかる道理はあるまい。

しかしこの世のなかには理外の理がある。次の物語を読んだ諸君は、さてもこの世のなかには、そのような秘密――そのような不思議なことがあるかと、眼をまるくして驚くだろう。

（二）

頃はポルトガル第一の科学者モンテス博士の南極探検船が、ある夜秘密にセントウベス湾〔セントゥーバル港〕を出発した。二カ月ほど以前の事である。あまり人の行かぬデルハ岬の海岸に、二人の奇麗な娘が遊んでおった。二人ともモンテス博士の愛嬢で、景色よき岬の上には博士の別荘があるのだ。

二人の娘は楽しそうに、波打際を徘徊しながら、蟹を追い貝を拾うに余念もなかったが、しばらくして姉娘《あねむすめ》は急に叫んだ。

「あら！　妙なものが流れてきてよ」

妹娘《いもうとむすめ》もその声に驚き、二人肩と肩とを並べて見ていると、今しも打ち寄せる波にもまれて、足許にコロコロと転《ころ》んできたのは、一個《ひとつ》の真っ黒なビールの空瓶だ。

「おや、こんな物、仕方がないわ」

と、姉娘は繊指《せんし》〔ほそくしなやかな指。美人の指〕に摘まみあげて、ポンと海中に投げ込んだが、空瓶はふたたび打ち寄せる波にもまれて、すぐまた足許にコロコロと転《ころ》んできた。

「本当に執拗《しつこ》い空瓶だこと」

と、今度は妹娘が拾って投げようとすると、その時背後《うしろ》の方より、

「二人とも何をしている、拾ったのは何んだ」

と呼んだ者がある、。振り向いて見ると父のモンテス博士で、ニコニコしながら進みよる。二人とも嬉しそうに、左右からその首に縋《す》がりつき、

「阿父様《おとうさま》、この瓶、妙な瓶なんですよ。ちょうど生きているように、幾度投げてもコロコロと――」

「ホー、海員の飲むビールの空瓶だな」

と、博士は妹娘の手からその瓶を取って眺めたが、

「これは奇妙だ、この瓶の口栓《キルク》はすでに腐っておる。そのうえ瓶の外に生《む》している海苔《こけ》は、決してこの近海に生ずる物ではない。南洋の海苔《こけ》だ、南洋の海苔《こけ》だ。このような海苔《こけ》の生じているので見ても、この瓶のよほど古い物であることが分かる。思うに難破船の甲板からでも投げたものだろう」

と、さすがはポルトガル第一の科学者といわるるほどあって、その着眼がなかなか鋭敏だ。博士は斯《か》くいいつつ、瓶を差し上げて太陽の光線《ひかり》に透かしてみたが、

「オオ、あるある。果たして妙な物があるある」

と叫んで、好奇心は満面にあふれ、口栓《キルク》を抜くのももどかしと、かたわらの巖石《いわ》をめがけて投げつけると、瓶は微塵に砕け、なかから黄色い紙に何か細々《こまごま》と記した物が出て来た。

博士は急ぎ拾い上げ、鼻眼鏡《はなめがね》を取り出して鼻にかけ、眉の間に皺を寄せながら熱心に読み始めた。なにしろ鉛筆の走り書きで、文字《もんじ》も今は朦朧《もうろう》となっているが、読むこと数行にして、博士はにわかに愕然たる様子で、

「ホー、怪異《ミラクルス》！　怪異《ミラクルス》！　怪異《ミラクルス》！」

と、あたかも一大秘密でも見出せしごとく、すぐさまその黄色い紙を衣袋《かくし》に押し込み、物をもいわず、岬の上の別荘めざして駆け出した。

二人の娘は呆気にとられ、

「阿父様《おとうさま》、なんです、なんです」

と、その跡を追いかけたが、博士は振り向きもせず、別荘の自分の書室に飛び込むやいなや、扉に鍵をピンとおろし、件《くだん》の不思議なる書面を卓上に押しひろげ、いよいよ深く眉の間に皺を寄せて、ふたたび熱心に読み始めた。

二人の娘は室《へや》の外まで押し寄せ来たり、鍵のおろされたる扉をコトコトと叩いて、

「阿父様《おとうさま》、何か珍しいことなら聴かせて頂戴《ちょうだい》な、あら鍵なんかおろしてひどいこと――

――」

と呟けど、博士は知らぬ顔、

「お前達の聴いても役に立たぬことだよ」

と、一声云ったばかりである。じつに博士は娘にまでも秘密にするほどのことであるが、余は今、敬愛なる読者諸君のために、この書面に書いてある世にも不思議なる出来事を、少しも隠さず紹介することとしよう。

（三）

書面はまず左のごとき悲壮なる文字をもって始まった。

この瓶もし千尋《ちひろ》の海底に沈まずば、この瓶もし千丈の巖石《がんせき》に砕けずんば、この地球上にある何人《なにびと》かは、何時《いつ》か世界の果《はて》に、一大秘密の横たわることを知り得べし。余はエスパニア〔スペイン。漢字表記は西班牙〕の旅行家ラゴンというものなり。世界一周の目的をもって本国を去り、ヨーロッパ、アジア、アメリカの各地を遍歴して、到る処に珍しき物を見、面白き境遇を経《へ》て、ついに来《きた》りし処はアフリカ西岸のモロッコ国なり。ここより北に行く船に乗じ、ジブラルタル海峡を渡れば、安全にふたたび本国に帰ることを得べかりしに、余はなんたる痴漢《ちかん》〔おろかもの。ばかもの〕ぞや。ほとんど世界の七分の一を経《へ》めぐって、余の好奇心はいまだ満足せず、さらに珍しき場所に到り、面白き物を見んと、モロッコ国マザガン港より一種異様なる船に乗れり。この船は三本マストの帆前船《ほまえせん》〔西洋式帆船の称〕にて、その舷《ふなべり》は青く錆びたる銅をもって張られ、一見してよほど古き船と知らる。船長はアフリカ人にて、〔肌の〕色は赤銅《しゃくどう》のごとく、眼は怪星《かいせい》のごとく、灰色の鬚をもって顔の半面をおおわれ、きわめて粗野の人物と見ゆ。その配下《てした》には七人の水夫あり。皆土人にて、立って歩まずば、猛獣かと疑わる。しかし性質は案外温順のようなり。

この船は元来真珠取船《しんじゅとりふね》にて、アフリカの西岸に沿い、南太平洋を渡って、ほとんど人外境ともいうべき南方に向かうものなれば、旅客や貨物を載《の》すべきものにあらず。しかるを余はいかにして便乗せしかというに、ちょうどモロッコ国マザガン港の桟橋に達せし時、この異様なる船の桟橋に近く碇泊せるがふと眼に入り、傍人《ぼうじん》〔そばにいる人〕にいかなる船ぞと問えば、真珠取りにと明日はこの港を出帆し、世人の知らざる南方の絶島に行く船なりと云うに余の好奇心はにわかに動きて矢も楯もたまらず、ただちに端舟《はしけ》を漕いでその舷門《げんもん》〔船舶の舷側に設けた出入口〕に至り、言語通ぜねば手真似をもって便乗をこい、船長の拒むを強《し》いて、二〇〇ドルの金貨を握らせ、ようやく便乗を許されしなり。もとより客室などいう気の利《き》いたものはなければ、余は船の最も底の倉庫のごとき処に毛布を敷き、そこを居室兼寝室と定めしも、天気晴朗なる日はそのような薄暗き処に閉じこもる必要なし。余は航海中の多くを風清き甲板上に暮らすつもりにて、一日も早く世人の知らざる南方の絶島に着し、真珠取りの面白き光景を見んと、それをのみ唯一の楽しみとせしが、あにはからんやこの船こそ、余のためには魔の船となりけり。

（四）

この船は名を「ビアフラ」という。余は便乗を許されし翌日正午頃マザガン港を出発せり。針路を南に南にと取って、アフリカの西岸に添《そ》い、おりから吹く順風に帆は張り切れんばかり、舳《へさき》に砕くる波は碧海《へきかい》に玉を降らし、快速力は汽船もおよばぬばかりなり。

そもそもアフリカ西岸の航路は、以前はヨーロッパよりアジアに向かう唯一の航路にして、喜望峰を迂回して行く船の幾度《いくたび》か恐しき目に遭いし事は、今なお世人の記憶せる処ならん。しかるにスエズ運河の通じて以来、普通の船舶にてこの航海を取るものはきわめてまれに、長き航海中汽船のごときはほとんど見んとして見るを得ず、ただ三角帆の怪しき漁船の、おりふし波間に隠見《いんけん》せるを望むのみ。昔はこの辺に絶えず海賊横行せりと聞けど、今はかかる者ありとも覚えず。

余は昼に大抵帆船「ビアフラ」の甲板に出で、左に烟《けむり》のごときアフリカ大陸を眺め、右に果てしなき大海原を見渡し、夜は月なき限り、早くより船底の寝室に閉じこもって眠る。かかる間にブランコ岬の沖を過ぎ、昔は妖女住みしと云うシエルボロ島の間を抜け、航海三五日目にして寄港せしはアフリカ南端のテーブル湾〔ケープタウン〕なり。ここにて船は飲水《いんすい》食料等を充分に補充し、いよいよ同湾を去ってさらに南へ向かえば、もはや右を見るも左を見るも陸の影はなく、振り返れどアフリカ大陸の影さえ消えて、前途は渺茫《びょうぼう》として水天《みずてん》につらなるのみ。余は何となく心細き感に打たれたり。

かくてアフリカの尖端テーブル湾〔ケープタウン〕を去って五日ほど過ぎ、風なぎて船脚きわめて遅くなりし夕暮れ、余は甲板上の前檣《ぜんしょう》にもたれて四方を見渡すに、眼に入るかぎり船もなく島もなく、ただ気味悪きほどの蒼き波間《なみま》に、一頭の巨鯨の潮ふけるが見ゆるばかり。かかる光景を見ては、いかなる人といえども一種名状すべからざる寂寞《せきばく》の感に打たるるものなり。今船はいかなる状態にていかなる方角に進めるやも分からず、余は意気地《いくじ》なきようなれど、心細さは次第々々に増してついに堪らず、おりから面前に

歩み来れる船長に向かっていきなりに問えり、

「めざす絶島にはいつ達すべきや」

と。もとより手真似の問答なればしかとは分からねど、船長は毛だらけの手を前後左右に振って、

「達すべき時にあらざれば達せず」

と、無愛相《ぶあいそう》に答えしようなり。彼はそのまま行き過ぎる。余はとりつくしまもなし。艫《とも》の方を見れば七人の水夫、舵を取り帆を操りながら口々に何か語り合う。その声あたかも猿のごときが、ふと何物をか見つけけん。同時に話声《わせい》をやめてとある一方に眼を注ぐ。余も思わず釣りこまれて、彼等の眼の向かう方角を眺むれば、そこは西南の方水天一髪《かたすいてんいっぱつ》の辺《へん》〔水平線のあたり〕、かすかにかすかに一点の黒き物見ゆ。巨鳥か、鯨か、船か、島か。島ならばあれこそめざす絶島と思えど、どうも島にてはなきようなり。島にあらずば何か。余はいかにもしてその正体を見届けんと、なおしばらく甲板を去らざりしが、かの黒き物は近づくごとく、近づかざるごとく、そのうちに日はまったく暮れて海上暗くなり、わが船上に一点の燈火《ともしび》輝くのみ。四方の物まったく見えずなりしかば、余は詮

方なく、船中に唯一個ある昇降口を下《くだ》って、船底の寝室に入り、このような時には早く寝ね、夢の間に一夜を過ごすにかぎると、すぐさま毛布をかぶって身を横たえしが、胸は異様にとどろいて容易に眠られず。これぞいわゆる虫の知らせと云うものならん。

(五)

しかし余は一時間とたたぬうちにうつらうつらとなれり。眠れる間は時刻のたつを知らず。いつの間にか真夜半《まよなか》となりしならん。余は夢に恐しく高き塔に昇り、籠手《こて》をかざしてあまねく世界を眺めいるうち、フト足踏みすべらして真逆様に落つると見、アッと叫んで眼をさませば、塔より落つると見しは夢なれど、実際余は、初め船底の右舷に眠りいたりしが、いつの間にか左舷に転《まろ》びいたるなり。オヤオヤと叫んで立ちあがるに、船底は大波を打つごとく、足許ふらふらとして倒れんとす。さては余の眠れる間に、天候にわかに変わり、海上はよほど荒るると見えたり。願わくは波速やかに静まれと祈りつつ、ふたたび船底に身を横たえる。途端もあらせず、船は何物かに衝突しけん。凄ま

じき音して少しく右舷に傾けり、

「暗礁！　暗礁！」

と余はただちに叫べり。人外境ともいうべきこのような大海原にて、他船に衝突すべしとは覚えねば、余はいかなる暗礁に衝突せしかを見んと、バネのごとく跳ね起き一散走《いっさんはし》り、足許定まらず幾度か転《まろ》ばんとするをようやくこらえて、船底と甲板との間にただ一個ある昇降口めざして走りゆくに、その途々《みちみち》余は甲板上に起こる異様なる叫び声と、人々の激しく乱れ騒ぐ足音とを聴けり。されどかかる叫声《きょうせい》〔叫び声〕とかかる足音とは、船が暗礁に乗りあげし時など、常に起こることなれば格別怪しみもせず、やがて船内より甲板上に出ずる梯子に達し、その梯子を昇るも夢中にて、昇降口よりヒョイと甲板上に顔を現せしが、その時余の驚愕はいかばかりなりしぞ。空には断雲〔ちぎれ雲。きれぎれの雲〕の飛ぶこと矢のごとく、船は今想像もできぬほどの速力をもって、狂風に吹かれ怒濤を浴びつつ走りいるなり。されど余の驚きはそのことにあらず。見よ！　見よ！　断雲の絶間より、幽霊火《ゆうれいび》〔おにび。あおび〕のごとき星の照らす甲板上には、今しも一団の黒影入り乱れて闘いおるなり。人数およそ二〇人ばかり、我が帆船の水夫のみにはあらず、オオ、これ何事ぞ！　何事ぞ！　船は決して暗礁に衝突せしにあらず、先刻何物にか衝突せし響きの聴こえしは、これ海賊船がわが船に乗りかけしなり。日の入るころ水天一髪の彼方《かなた》はるかに、一点の怪しき黒影見えしは、あれこそ恐るべき海賊船なりしならん。今しも海賊はわが船の甲板に乱れ入り、その数およそ一四、五人、手に手に兇刃《きょうじん》を閃《ひら》めかして、本船の船長初め七人の水夫を取りかこみ、斬って斬って斬りまくる。血は飛んで瀑布のごとく、見る間にわが水夫の四、五人は斬り倒されたり。余はあまりの恐ろしさに思わず昇降口の下に首を縮込《ちぢみこ》めたり。

（六）

帆船「ビアフラ」の甲板は、今修羅の巷《ちまた》なり。風は猛《たけ》り波は吼《ほ》え、世界を覆す大地震に遭いしがごとき船上にて、入り乱れて闘う海賊と船員との叫び声は、さながら現世《このよ》にて地獄の声を聴くに異ならず。

余はあまりの恐ろしさに、一旦甲板上に現せし首をすっこめ、昇降口の下、梯子の中段に小さくなっていたりしが、耳を澄ませば、船員の叫び声らしきは次第々々に低くなり、狼の吼《ほ》ゆるがごとき海賊の声のみいよいよ鋭くなりゆくに、余は気が気にあらず、いわゆる恐《こわ》いもの見たさに、ふたたびそっと昇降口の蓋《おおい》を開き、星影《ほしかげ》すごき甲板上を眺むるに、ああなんたる光景ぞや、七人の船員中六人はすでに斬り倒され、生き残れるは船長一人のみ、これすら身に数カ所の重傷を負い、血に染みながら屍と屍の間を逃げまわれば、十数人の海賊は兇刃を閃《ひら》めかして追いまわす。船長は泣けり叫べり。屍を取って楯となし、しばし必死と防ぎしが、多勢に無勢到底敵するあたわず。大檣《たいしょう》をまわり羅針盤の側を走り、船首より船尾に逃げ行きしが、もはや逃ぐるところどこにもあらず、後よりは兇刃すでに肉薄するに、今はたまらず、身を跳らして、逆巻《さかま》く波間に飛び込まんとする一刹那、一海賊は猛虎のごとく跳《おど》りかかり、ヤット一声船長を斬りさげたり。船長の躰《たい》は真っ二つに割れ、悲鳴を揚ぐるいとまもあらず、パッタリと倒れる。血は滾々《こんこん》と流れて、その辺は一面に真紅《しんく》となれり。あまりの悲劇に、余は船長の倒れると同時に、思わずアッと叫びしが、ああこの声こそ、余のためには大災難の声なりき。

すでに船員の全部を屠《ほふ》りつくして、もはや船中には人なしと思いいたりし海賊等は、余の声を聴き痛く驚ろきし様子にて此方《こなた》を振り向きしが、余の姿を見出すやいなや、悪鬼のごとき眼を光らして口々に何か叫びながら、切先揃えてドヤドヤと押し寄せ来たり。サア大変なり、捕えられてはたまらぬと、余はただちに昇降口の下に首をすくめ、素早く入口の蓋《おおい》を閉ざせり。その瞬間海賊等は早や入口の周囲に来《きた》り。頭上の床板踏み鳴らす足音も荒々しく狼の吼《ほ》ゆるがごとく、また猿の叫ぶがごとく罵り騒ぐは、ここ開けよ開けよと云うならん。開けては一大事なり。余は両手を伸ばし、死力を出《いだ》して下より蓋《おおい》を押えおる。海賊等は上よりこれを引きはなさんとす。幸いこの帆船《ほまえせん》には船底と甲板の間に、この昇降口一個あるのみなれば、ここぞ余のためにはサーモピレー〔船体に鉄製フレームを張ったイギリスの帆船。中国・インドから茶輸送用の高速外洋帆船〕の険要《けんよう》ともいうべく、この険要破れざる限りは、余の生命続かん。生命のあるかぎりは、いかでかここを破らすべきと、余は必死なり。海賊等も必死なり。海賊等は昇降口の容易に開かれざるに、怒り狂い、足をあげて蓋《おおい》を蹴りたり。されど蓋《おおい》の表は滑かに、鉄の板一面に張られたれば、なかなか破るるものにあらず。

その間にも海はますます荒れまさるようにて、帆綱《ほづな》に当たる風の音はピューピューと、波は次第々々に高まりて舷を打つ。かかる大荒れをも恐れず、海賊等は是非ともこの入口を開かんとするなり。やがて余の頭上にあたり、ガチンガチンと異様なる響《ひびき》聴《のきく》を始めしは、彼等がどこよりか鉄槌を提《ひっさ》げ来り、一気に入口を打ち砕かんとするなるべし。蓋《おおい》を握れる余の手は、その響きを受けて非常なる痛みを覚え、鉄槌の下《くだ》ること七、八度目《たびめ》にして、余は遂にたえ得ずその手を放てり。たちまち見る入口の一方は砕けたり。仰げば悪鬼のごとき海賊の顔見ゆ。たちまち二、三人はその破れ目に手を掛け、嘲笑《あざわら》うがごとき奇声を放って蓋《おおい》を引き起こせば、蓋《おおい》はギーと鳴って開くこと五寸！　一尺！　一尺五寸、剣《つるぎ》を逆手に握れる海賊の一人は、眼を怒らして余を目懸けて飛び込まんとす。もはや絶対絶命なり。余は思わず呀《あっ》と叫んで船底に逃げ込まんとせしが、その途端！　天地も崩るるがごとき音して、船はたちまち天空に舞い上がり、たちまち奈落《ならく》に沈むがごとく、それと同時に、余は梯子の中段より真逆様に船底に落ち込み、失敗《しまっ》たと叫びしまでは記憶すれど、その後は前後正体もなくなったり。

（七）

気絶せる間は眠れると同じく、また死せると同じく。時刻のたつを知らず、それより一時間過ぎしか一日過ぎしか、それとも一週間以上過ぎしやを覚えねど、余は夢ともなく現《うつつ》ともなく、ふとしたたかに余の頭を打つ者あるように感じて眼を開けば、余はなお生きてあるなり。心づけば船の動揺はなお止《や》まず。余はある時間の間気絶せる後《のち》、またもや打ち寄する巨浪《おおなみ》のために、船は激しく傾き、一方より一方に転《まろ》んで頭を打ち、今ようやく息を吹き返せるなり。他人が余の頭を打ちしにあらず、余自ら頭を打ち付けしなり。とにもかくにも起きあがってその辺を捜りまわるに、何時の間にか海水は浸入して、余の全身は濡鼠《ぬれねずみ》のごとくなりいたり。船底より浸水せしものか、それとも、甲板の昇降口より波打ち込みしものか分からねど、何しろこの海水のために余の身辺の燈火《ともしび》は消えて四方は真っ暗く、ただ船内ズット船尾の方に高く掲げられたる一個の船燈のみが、消えなんとしていまだ消えず、薄気味悪き青光《あおびかり》をかすかに洩《もら》すのみ。時刻も分からず場所も分からず、時計を出して見るに、その針はすでに停まりいたり。余の時計は二日持《もち》にて、かの悲劇の起こる二、三時間前に竜頭《りゅうず》を巻きたれば、この時計の停まるを見ても余は気絶せるまま、少くも二日以上を過せるものと知らる。それにしても彼の海賊等はいかにせしかと、余は静かに立ちあがって耳を澄ますに、船外には相変らず風荒れ波吼《ほ》ゆるのみ。されど人声とては少しも聴こえざりけり。

余は気味悪さにたえず、何時までも船底に潜みおらんかと思いしが、さりとて海賊等がいかになりしかを知らぬうちは安心できず、ついに意を決し、抜き足差し足して昇降口の方に向かえり。梯子を半ば昇りて耳を澄ますにやはり人声は聴こえず。心づけば先刻海賊等が開きかけし蓋《おおい》は、何時の間にか以前のごとく閉ざされてあり。思うに海賊が半ばその蓋《おおい》を引き上げし時、彼の意外なる大震動のために思わずその手を放し、蓋《おおい》はふたたび落ちて以前のごとく昇降口を閉ざせしならん。されど海賊が鉄槌にて打ち砕きし入口の破れ目はそのままにて、そこより海水は船内に打ち込みしなり。鉄の欄干《てすり》も梯子も皆濡れて、油断をすれば余は滑り落ちんとす。今はやや海上静まりしと見え、怒濤《どとう》の破れ目より打ち込むようなことはなけれど、決して暴風《あらし》の止《や》みしにあらず。船の動揺はなかなか激しくして、時々甲板上に巨浪《おおなみ》の落ち来る音聴こゆ。

梯子の中段に立ち止まって余は耳を澄ます事少時《しばし》、ここより上に昇るべきか昇るまじきか、甲板上になお海賊おらば、余はただちに殺されん。されど甲板上の光景を見ぬうちはどうも安心できず、余はついに意を決し、殺さるる覚悟にてふたたび昇り始めぬ。

梯子を昇り尽くし、それでもなるべく音の立たぬよう昇降口の蓋《おおい》を開き、じつに恐る恐る半身を突き出して甲板上の光景を眺めしが、オオ！　オオ！　オオ！　なんたる甲板上の光景ぞや。余は生まれて以来、かくのごとく意外なる光景を見しことなし。定めて甲板上には船員の死屍《しし》散乱し、海賊等はなお猛威を振いおることと思いしに、余の予想はまったく反せり。甲板上は寂寞《せきばく》としてほとんど何物もなし。海賊もおらねば船員の死骸もなし。余はあまりのことに驚きかつ怪しみ、ただちに甲板上に跳り出でてなおよく見るに、甲板上のあらゆる物は破壊され、船員の死骸などは洗い去られしものならん。今は血一滴も残りおらず、そのうえ羅針盤は砕かれ、船上にありし二個の端舟《ボート》も海中に呑み込まれ、船首の方に立ちたりし船長室も、そのままどこにか持ち行《ゆ》かれしものならん。影も形もなく、この船は元来三本の檣《ほばしら》を備えしものなるが、その二本はなかほどより折れて、これまた帆とともに行方を知らず。広漠たる船上に残るはただ一本の大檣《たいしょう》のみ、この大檣は甲板の中部にあり、檣上より一面に張られたる帆は、すでにその三分の一以上破れたれど、ものすごき疾風を受けて、船の走ること矢のごとし。余はただ一面の帆にて何故《なにゆえ》に船がかくまで速く走るやを知らず。なに心なく大檣《たいしょう》のそばに近づかんとせしが、フト見ればその大檣《たいしょう》の下には、一個の恐ろしき人間立てり。余は思わず逃げ出したり。逃げながら振り返って見るに、彼の人間は余を追わんともせず、依然として身動きもせず立ちしままなり。ハテ不思議なることかなと、臆病なる余も足を停めてなおよく見れば、追わぬはずなり。身動きもせぬはずなり。彼はすでに死して首をガックリ垂れおるにて、その服装より見れば海賊の巨魁《きょかい》〔首領。かしら。大親分〕ならん。剣を甲板上に投げ棄て、大檣《たいしょう》にその身を厳しく縛りつけいたり。実に合点の行かぬことながら、しばらく考えて余はハハアと頷きたり。思うに余が気絶せし瞬間船に大震動を来せしは、海底噴火山の破裂のため、驚くべき巨浪《きょろう》が船上に落ち来りしか、しからずば船が大竜巻にでも巻き込まれ、甲板上の海賊等は、余を殺すより先に自分等の身が危くなり、一同驚き騒ぐ間に、彼の男は海賊の巨魁だけに素早くその身を大檣に縛りつけ、巨浪に持ち行かるることだけは防ぎしならん。されど人を殺せし天罰は免かるるあたわず、幾度か打ち寄する巨浪《おおなみ》のために呼吸は止まり、船具の破片等にその身を打たれて、身体を大檣に縛りつけしまま他界の鬼となりしならん。かく心づいて見れば、彼の額や胸の辺りには幾多の打撲傷あり。今や血の痕もなけれど、傷口は海水に洗われて白くなり、かえって物凄き感を与う。その他の海賊等はいうまでもなく巨浪《きょろう》に呑み去られしものならん。

（八）

余はこの惨憺たる光景を見て、じつに名状すべからざる悲哀に打たれたり。およそ三〇分間ばかり呆然と甲板上に立って四方を見渡すに、見渡すかぎり果てしなき大海原にて、島も船も見えぬことは、余が気絶以前と少しも異ならねど、天地の光景はその時より数倍淋しく物凄くなれり。ここはいなかる海上なるや分からぬはいうまでもなく、船は今いかなる方角に向かって走りつつあるやも分からず。羅針盤を見んにも羅針盤はすでに砕けたり。

それよりもなお心細きは、今は昼なるや夜なるや分からぬことなり。時計は止まり、空を眺むるも太陽は見えず、また星も月も見えず、四方は真っ暗というにはあらねども薄暗く、空はあたかも泥をもって塗り込められしがごとく、すべての物皆濁れる黄色に見ゆ。さればこそ余は先刻死せる海賊の巨魁《きょかい》を、生ける恐ろしき人間と見誤りしなり。

ああかかる不思議なる光景は世界のどこにありや。余は二、三分間黙考せしが、たちまち我ながら驚くごとき絶望の叫声《きょうせい》を発せり。

「永久の夜！　永久の夜！」

永久の夜ということがこの地球上にあり得べきや。しかりあり。いまだ見し人はなしといえど、この地球上——人間の行くあたわざる果《はて》に到れば、そこには昼なく常に夜のみということをかつて聞けり。

「オオ、永久の夜！　永久の夜！」

余の乗れる帆船「ビアフラ」は、人間の行くあたわずという地球の果《はて》に向かい、永久の夜に包まれて走りおるなり。ああ帆船「ビアフラ」は、余を乗せてどこまで走らんとするか。昔人は云えり、地球の果は一大断崖にて船もしそこに至れば、悪魔の手に引き込まれて無限の奈落《ならく》に陥込《おちこ》むべしと。今はそのようなことを信ずる者はあらざれども、地球の果の断崖なると否《いな》とを問わず、余の船は今一刻々々余を死の場所へ導きつつあるなり。シテ見れば余が気絶以前に見たりし夕日は、この世にて太陽を見し最後なりしか、絶望！　絶望！　余はほとんど狂せんとせり。いかにもして地球の果には行きたくなし。それには船を停めざるべからずと、夢中に走って船首に至り、平常ならばとても一人で動かすことも出来ぬ大錨を、双手に抱きあげて海中に投げ込めり。されど猛獣のごとく走れる船を、錨にて停めんとするはなんらの痴愚《ぐち》ぞ。錨は海底に達せざるに、錨綱はフッと切れて、船の走ることいよいよ急なり。

唯一の錨もすでに海底に沈めり。余は絶望のあまり甲板に尻餅つきしが、しばらくして心つけば、余の全身は板のごとくなりいたり。なにゆえぞと問うなかれ、余は先刻よりあまりの驚きと悲しみのために、今まではそれに思い至らざりしが、この辺海上の寒気の激しさよ！　吐《つ》く息もただちに雪となり凍《こうり》とならんばかりにて、全身海水に濡れたる余の衣服は、何時の間にか凍りて板のごとくなりしなり。衣服はすでに甲板に凍りつきて立たんにも容易に立つあたわず。余はむしろこのままに凍《こご》え死なんことを望めり。

されどまた多少の未練なきにあらず。容易に立つあたわざるを無理に立てば、氷は離れずベリベリと音して衣服は破れたり。露出《むきだ》されたる余の肌に当たる風の寒さよ。オオ風といえば、風はまたますます激しきを増し来りしようなり。海は泡立ち逆巻き、怒濤はふたたび甲板に打ち上げ来って、巨浪《きょろう》は余を呑み去らんとす、風さえ余を吹き飛ばさんとす。余はあまりの恐ろしさに堪えず、思わず船底に逃げこめり。

(九)

船底に逃げこみ、昇降口の蓋《おおい》を閉せば、その陰鬱なることさながら地獄のごとし。しかり、ここはたしかに地獄なり。余の頭上にあたる甲板上には、今なお身を大檣《たいしょう》に縛《ばく》せるまま死せる人間もあるにあらずや。

船底は前にも云えるがごとく、昇降口の破れ目より打ちこみ来りし海水に濡れて、ほとんど坐るに所もなし。余は何よりも寒さに堪えねば急ぎ衣服を着替えんと余のトランクを開くに、幸い衣服は濡れずにあり、ただちに濡れたるを脱いで新しきを身に着《つ》けしが、二枚や三枚にては到底寒気を防ぐあたわず余はトランク中のすべての衣服を着尽くしたれど、なお寒さをしのぐあたわず。毛布は着んにもすでに濡れたり、いかがはせんと思案せしが、ヨシヨシ船尾の方にあたる倉庫中には、たしかに船員の衣類があるはずなりと、余はただちにそこに走り、なお消えやらで天井に懸りいたりし船燈を取って倉庫中を捜しまわるに、衣類とては一枚もあらざれど、片隅には燈油箱などと相列んで、数十枚の毛布積み重ねてありたれば、試みに手を触るるに、ここには海水打ちこみ来らざれば濡れてはおらず、天の与えと打喜《うちよろこ》び、ただちに三枚の毛布を重ねて衣服の上にかぶり、ようやく少しく寒気をしのぎたり。

しかるにフト心づけば、余の手に提げたる船燈は、もはや油尽きしものか、青き光ゆらゆらと昇って今にも消えんばかり。この船燈こそ船中に残る唯一の光にて、マッチのごときはことごとく湿りたりと覚えたれば、この火を消しては一大事と、余はあわて狼狽《ふた》めき、慄《ふる》う手に側《かたわら》の燈油を注ぎ入れて、辛くも火を消さずに済みたり、この火消えなば、余は実に暗中に煩悶して、暗中に死すべかりしなり。

火は以前より多少明るくなれり。されど火明るくなりしとて、余に希望の光微《ひかりほのみ》見えしにあらず。余は刻一刻死の場所に近づきつつあるなり、船は瞬間も休まず地球の果《はて》に向かって走りつつあるなり。ああこの船の行着く先はいずくぞ。今は真珠の多く取れるという絶島に流れ寄らんなどとは思いもよらず、地球の果には一大氷山ありという、その氷山こそが余の最期の場所ならん。

およそ二、三〇分して余はまた寒気にたえずなれり。今までの着物にてはとてもしのぶあたわず、余はその上にさらに数枚の毛布を重ねたり。毛布を重ねつつ耳を澄ませば、あら不思議！　いままでは舷を敲《たた》くものはただ波の音のみなりしが、二、三分以前より打ち寄する波とともに、たえずゴトンゴトンと舷《ふなべり》にあたるものあり。難船の破片か怪獣か。なんにしても訝《いぶか》しきことよと、余は恐くはあれど再び甲板に出でて見れば、天地は依然として昼とも夜とも分からぬ光景なり。余は吹き来る暴風に吹き飛ばされてはたまらず、また打ち上ぐる波に呑み去られてはたまらずと、海賊の巨魁《きょかい》が身を縛して死しいる大檣にシカと縋付《すがりつ》いて眺むるに、暗憺《あんたん》な海上には海坊主のごとく漂える幾多の怪物見ゆ。眼を定めて見れば、怪物と見えしは、これ小舟のごとき多くの氷塊なり。この氷塊の流れおるを見ても、船のすでに南氷洋の奥深く来りしことを知るに足らん。大氷山は早や間近かなり。地球の果ははや間近かなり。余はいかにもしてそこに到らぬ前に船を停めんと苦心焦慮せり。オオこの風！　この風！　この風を孕《はら》む大檣の帆をすら降さば、船は停止せぬまでもその進行緩《ゆるや》かにならん。進行の緩かとなるは、それだけ余の死期の遅くなるゆえと、余は仰いで大檣の帆を眺めしが、帆は高くして張り切るばかり。帆綱さえ激しく檣桁《ほげた》に巻きつきたれば、元来水夫にはあらぬ余の、いかでかこの大暴風《おおあらし》に帆を降ろすことを得べき。熟練せる水夫といえども、この場合檣《ほばしら》の上一間以上昇らば、魔神のごとき疾風に吹き飛ばされて海中に落ちん。かかる疾風に追われて、船はいまじつに想像することも出来ぬ速力にて走りおるなり。走ると云わんよりは飛べるなり。天空を飛べるか海上を走れるかほとんど分からず。泡立つ波、舞いあがる水煙はあたかも雲に似たり。

（一〇）

時にたちまち見る、暗憺たる海上に一道の光ゆらゆらと漂うを。オオ光！　光！　この場合光ほど懐しきものはなし。あれは太陽がふたたび我が眼前に現れしかと見直せば、何時の間にかその光は波間に消えて跡もなし。これ南極にときどき現れるという、海上の燦火《ホスポラス》ならん。余はもはや絶望の声も出でず。かかる間にも船の走ることはますます速く、船の進むにしたがい寒気はいよいよ激しく我身に迫る。余はついにたえず、ふたたび船底に逃げこみしが、余の腹は飢えたりといえども、もはや食を取らんとは思わず、ただちに船尾の倉庫に駆《か》けつけ、あくまで着たるが上にもさらに毛布を重ねたり。されどなお寒さは凌《しの》ぐあたわず、一刻々々あたかも時計の針の刻み込むごとく寒気の増しゆくは、船の一刻々々大氷山に近づくゆえならん。その寒さの増すにしたがい、余は側《かたわら》に、積まれたる毛布を取って、十分に一枚、九分に一枚、八分に一枚、ついには三分間に一枚ずつ重ね、数十枚の毛布を着尽《けっと》くしたり。今は着るべきものもあらず、身はさながら毛布の山に包まれしがごとく、身動きも出来ずなったれど、寒さはなお止《や》まず。いな、以前よりも激しき速度をもって増し来る。肉もちぎれるようなり、骨も凍るようなり、オオこの寒さをいかにして忍ばんと、余は堪えがたき苦痛に、狂うがごとくそのへんを走り回りしが、足はいま中部船底より船首船尾に至らんとせし一刹那なり。あたかも全船砕くるごとき響きとともに、船は急に停止せり。続いてビリビリと船の何物にか乗りあぐる音、波の甲板に打ちあぐる音、風の檣《ほばしら》と闘う音、悽愴《せいそう》とも何んともいうべからず。余は恐怖のために一時気絶せんとせしが、かくてあるべきにあらず、船の震動ようやく収まりし時、恐る恐る船底より甲板に這い出でて見れば、こはそもいかに、こはいかに。前面に天をおおうがごとく聳立《そばた》つは一大氷山なり。余の乗れる船はついに地球の果に達し、今しもこの一大氷山の一角に乗りあげしなり。万事休す！　余は思わず甲板上に身を投げて慟哭せり。されど泣けばとていかでかこの悲境より免るるを得ん。しばらくたって余はふたたび甲板上に立ちあがりしに、今は地球の果に来りて、大氷山の陰になりしためにや、風も何時か吹き止みて、船が氷山の一角に乗りあげし時、その余響を受けて荒れまわりし激浪怒濤も、次第々々に静かになり、四辺は急にシーンとせり。人の恐るる地球の果、人間とては余の他には一人《いちにん》もなく、鳥もおらず、獣《けもの》もおらず、魚すらもおらず。

実にこの天地間にあって、何の物音も聴えぬと云うほど物凄きことはなし。余は寂寥《せきりょう》のためにまず気死《きし》せんとせしが、ようやく気を取り直してそろそろ四辺を見まわすに、天地間の暗きこと依然として異ならざりしか。その暗き間に、余は忽然《こつねん》として一大怪物を見出せり。何等の怪！　何等の奇！　怪物は余が帆船の右舷とほとんど触れんばかりに相列び、その動かざること山のごとく、その形もまた巨山《おおやま》のごとき黒き物なり。大氷山か？　大氷山か？　あらず、大氷山ならば白きはずなり。余は怪訝《いぶかり》にたえず、眼を皿のようにして見詰めしが、暗々陰々《あんあんいんいん》として到底その正体を見究むるあたわず。かかる間にも寒気はますます加わり、もしこのままにてなお一〇分間を過ごさば、余はついに凍《こご》え死ぬべし。ああいかにしてこの寒さを防《ふせ》がん。数十枚の毛布はすでに着尽くしたり。もはや着るべきものは一枚もあらず、余は血走る眼《まなこ》に四方を見まわせしが、フト一策の胸に浮ぶやいなや、狂獣のごとく走って船底に飛び降り、いまなお消え残る一個の船燈を取るより早く、燈を砕き油を船中に振撒《ふりま》いて火を放てり。

悪魔の舌のごとき焔は見る間に船中を這いまわり、続いて渦巻く黒煙とともに猛火は炎々と立ち昇る。余は甲板上に飛び出したり、オオ余は我船を焼けり、我船を焼けり。もし地球の果よりふたたび人間世界に帰らんとするならば、この船のほか頼むべき物なきに、ついにこの船を焼けり。余は寒さにたえずして余の生命を焼けるなり。かく心付《こころづ》くとともに、余はあわててその火を消さんとせしが、この火を消さば、余はただちに凍えて死なん。この火のある間がすなわち余の生存期間なり。余の身体はようやく暖かくなれり。されど余の胸のうちは苦悶のために焦《こ》げるようなり。とかくする間に火は船尾の方《かた》より甲板上に燃え抜けたり。余は夢中に船尾より船首に向かって走る。火はあたかも余の後を追うよう、見る間に甲板上に燃え拡がれり。もはや行くに処なし。寒気のために凍死《こごえし》なんとせし余は、今や猛火のために焼死《やけし》なんとするなり。余は天に叫べり、地に哭《な》けり。眼は独楽《こま》のごとく回転して八方を見まわすに、船を焼く火の光高く燃えあがるにしたがい、暗黒なりし天地もようやく明るくなり、たちまち余の眼に入りしは彼の一大怪物の正体！　炎々天を焦す深紅《しんく》の焔に照らしてよく見れば、そは古色蒼然たる一種不可思議の巨船なりき。まったく近世においては見るあたわざる古代風の巨船なりき。思うに余の帆船《ほまえせん》と同じようなる運命にて、何時の頃かこの地球の果に押し流されしものならん。今は船中ことごとく氷にとざされて、その動かざることあたかも巨山のごとし。余は疑えり怪《あや》しめり。されどその間にも火勢はますます激しく、余の帆船は今や全部一団の火とならんとす。

躊躇せばただちに焼け死なん。余は前後を考うる遑《いとま》もなく、船首甲板の尖端《せんたん》より身を跳らし、ほとんど舷《ふなべり》に接せる彼の怪物――一大巨船の上に飛び乗れり。驚くべし！ 余は彼の船上に飛び乗りただちに船内に走り入って見るに、その船内の華麗《うるわ》しきことあたかも古代の王宮のごとく、近世の人は夢想することも出来ぬ奇異の珍宝貨財《ちんぽうかざい》眼も眩《げん》するばかりにて、その間には一〇〇人の勇士を右に、一〇〇人の美人を左に、古代の衣冠を着けたる一人の王は、端然として坐しいたり。余は跳上《おどりあが》って喜べり。オオ生ける人！ 生ける人！ と、余りの懐かしさにたえずその前に走り寄れば、こはそもいかに、こはいかに。彼等はことごとく生ける人にあらず、笑いを含めるあり、六ヶ敷《むつかし》き顔《かお》せるありといえども、すべてこれ死してより幾千年を経《へ》たるにや。その全身はあたかもミイラのごとく化石しおれり。いな、ミイラにもあらず、化石にもあらず、また凍結せしものとも思われず。このへん地球の果《はて》の不可思議なる大気の作用にて、彼の巨船中のものはただに人間のみならず、珍宝も貨財もすべてあらゆる物、昔の形と少しも異《かわ》る処なく、実に美《うる》わしき一種の固形体と化して残りおるなり。されど余はそれらの物を眺めおるうちに、真に名状すべからざる寂寞《せきばく》を感じたり。寂寞はやがて恐怖と化せり。もはや長く船内に留まるあたわず、逃ぐるように巨船の甲板上に出て見れば、余の帆船はすでにことごとく一団の火焔《ほのお》となり、火勢はその絶頂を過ぎてこれより漸々《ぜんぜん》下火にならんとす。余は呆然として船首より船尾へと走りしが、炎々《えんえん》と閃《ひら》めく火光にふとこの巨船の船尾を見れば、そこには古色蒼然たる黄銅《おうどう》〔銅と亜鉛の合金。真鍮《しんちゅう》〕をもって、左の数字を記《しる》されたり。

『瑠璃岸国の巨船』

「オオ、何等の怪事ぞ！」

と余は絶叫せり。余は学者にあらねば詳しきことは知らねど、かねて耳にせることあり。これ世界の歴史がなお黒幕におおわれたりし時代、アフリカ西岸に古代の文明を集めたる瑠璃岸国《るりがんこく》のある好奇《ものずき》なる国王が、世界を経《へ》めぐらんとの望みを起こして一大巨船を造り、一〇〇人の勇士と一〇〇人の美人と、その当時にあらゆる珍宝貨財とを乗せて本国を発せしが、南太平洋に乗り入りし後まったく行方不明となり、いまなお一大疑問を世界に遺《のこ》せりというが、今日余がここに見るこの巨船は、その瑠璃岸国の巨船にはあらざるか。余は数千年以前の巨船がいかなる理由によりて、いまなお現存せるやを知らずといえども、ここに現存せることだけは事実なり。これには科学上の不可思議なる理由あらん。もしこれが果たして瑠璃岸国の巨船なりとせば――嗚呼《ああ》余は学者にあらざることを憾《うら》む――この船の発見がいかに古代の文明を今日の世界に紹介し、いかに多くの利益を現世紀以後の学者社会に貢献するかを――されどかかることはいうだけ無益なり、余は今にもこの世を去るべき身なり。いかにしてもふたたび人間社会に帰るあたわざる身なり。余の乗り来りし帆船《ほまえせん》の燃ゆる火焔の消ゆるとともに、余はこの地球の果においてただちに凍死《こごえし》なん。いな、瑠璃岸国《るりがんこく》の国王並びに勇士美人のごとく、一種異様なるミイラとなって空《むな》しく残らん。今や余の魂は飛び、腸《はらわた》は断《た》たんとす。せめてはこの奇怪事を人間世界に知らしめんとて、余はおぼつかなくも鉛筆を取り出し、数葉の黄紙にこの事を記《しる》す。

余の文は拙《せつ》なり、されど万一にもこの秘密にして何時か人間世界に現るることあらば、世の学者諸君よ、願わくは死を決してこの南極に探険船を進めよ。じつに世界の一大秘密はここに伏在せるなり。かく記せる間に火焔《ほのお》は早や消えんとす。余の脚は爪先よりすでに凍り始めたり。手の指ももはや利《き》かずなれり。これにて筆を止めん。幸いに余のポケットには今なお残れる一瓶のビールあれば、余はそのビールを末期《まつご》の水として飲み、快くこの世を去らん。しこうしてその空瓶にはこの一書を封じて海中に投ずるなり。もしこの瓶氷塊《ひょうかい》にも砕けず、海底にも沈まず――オー、オー、オー、火焔はすでに消えたり、もはや一分の猶予もなし。一字も記すあたわず、これにてさらば。

以上はコルテス博士がポルトガルの海岸にて拾上《ひろいあ》げし、不思議なる瓶中《びんちゅう》より出でし不思議なる書面なり。記者はもはや多く記さず、賢明なる読者諸君は、なにゆえに近頃ヨーロッパの学者社会より、幾度の失敗にも懲りず、しばしば不思議なる南極探検船の派遣せらるるか、その秘密をば知りたもうべし。

幽霊小家

（一）探検旅行隊

身軽に旅装した一隊二一名の日本人は、今朝鮮咸鏡道《かんきょうどう》でも極く淋しい、長平山《ちょうへいざん》と聖伏山《せいふくざん》との間を旅行している。この一隊は如何《いか》なるものかというに、日本で名高い荒井理学博士の発起で、今年の暑中休暇を利用し、探検旅行にとこの朝鮮へ来たものである。されば一隊中には、学者もあれば政治家もあり、文士もあれば画家もあり、おのおの好きなことを研究しながら、頗《すこぶ》る愉快に旅行しているのである。

しかるにこの探検隊に、他の人とは余程《よほど》異なって、二人の年若い学生の交じっているのが見える。一人は武村猛雄《たけお》といって、当年一六歳、色白く眼清《まなこすず》しい美少年であるが、体力衆《しゅう》に秀《ひい》で、遠からず柔道も初段になろうという健男児、他の一人は舟橋俊一といい、齢《とし》は猛雄少年と同年、色浅黒く凛々《りり》たる容貌で、野球界と端艇界《たんていかい》〔ボート界〕とには、その名を知られている選手である。

二人は共に荒井理学博士の甥《おい》に当たるので、探検旅行隊の壮挙を聞くと、互いに言い

合わして同行を頼み、博士が微笑を浮かべながら首を振り、

「君らは未だ少年だから、とても私らと同伴になって、困難の多い旅行には堪えられない」

と言うを、二人は一生懸命に打ち消し、

「ナアニ大丈夫です。僕らは少年でも、髭《ひげ》の生えている先生達より、モット威勢よく旅行して御覧に入れます」

と、とうとう博士を説き落とし、漸《ようや》く一行に加わることを許されたのである。成程《なるほど》その言の如く、二少年は長い旅行の間、一行中で最も元気よく、他の人々が皆疲れた時分にも、未だピンピンしていて、髭先生達を笑わせ騒がせ、旅行隊中の人気者になっている。

この旅行隊が日本を出発したのは、今から一ヵ月ほど以前で、はじめロシア領ウラジオストックへ渡り、それから豆満江《とまんこう》に沿って鐘城《しょうじょう》に出《い》で、魚潤川《ぎょじゅんがわ》を過ぎ甲山を踰《こ》え、その道中には随分変わったこともあって、学者や政治家は奇妙な風俗習慣などを査《しら》べ、文士は自慢の旅行日記や詩歌を作り、画家は面白い山水の景色などを幾枚も写生して、今来かかった処はこの山間の平原。振り返って見ると長平山は遠く雲烟《うんえん》に包まれ、前途に

は険《けわ》しい聖伏山が聳えている。その麓まで来た時、日はとっぷりと暮れ、十三夜の月は山の端《は》に現れた。今夜は美しい月夜であるらしい。

「叔父《おじ》さん、どうです、月夜に乗じて、一つ山越えをやりましょうか」

と、二少年は動議を提出した。

「イヤ、閉口閉口。私達はもう足が棒になった」

と、博士は腰を擦《さす》った。他の人々も皆足が棒になった連中なので、閉口閉口と、少年の動議《どうぎ》はたちまち否決された。

「だから、髭の先生達は駄目だ」

と、少年組は大気焔である。

しかしとにかく一同は疲れたので、何処かに泊まる家はないかと見渡すと、この山麓の西北数町離れて、木の間隠れに一つの村がある。其処《そこ》に辿り着いて見ると、村の中程にただ一軒の古びた宿屋があった。ほとんど破屋《あばらや》同然だが、この辺へは時々旅商人《たびあきんど》などの来るものと見え、二〇人位はどうにかして泊まれるようだ。

一行はまずこれで野宿だけは免《のが》れたと、その宿屋に腰を落ち着け、変挺《へんてこ》な朝鮮の田舎

料理だが、空腹にはなんでもかんでも皆美味《うま》く、夕食を終わってそろそろ寝ようとする段になり、博士は宿屋の爺公《おやじ》を呼んで、

「何かこの辺に珍奇な話はないか」

と問うた。

一行は一ヵ月余りの旅行中、必要に迫られ何時《いつ》とはなしに、朝鮮人の話も少し位は分かるようになったのだ。

問われて爺公《おやじ》は禿頭を撫で廻し、

「はい、格別変わった話もありませんが」

と、前置きしながらも、近頃村で三本脚《あし》の馬の生まれたことや、婚礼の時お嫁様が水をぶっ掛けられる奇妙な習慣などを語り終わり、もう何か話すことはないかと考える風であったが、何を思い出したか、たちまちポンと膝を打って、

「イヤ、それよりまだまだ不思議なことがございます」

「どんなことだ」

と、博士は巻煙草《まきたばこ》に火を点《つ》けた。

「他でもございません。聖伏山中の幽霊小家《ゆうれいごや》の話でございます」

「フーム、幽霊小家？」

「その幽霊小家と申すは、此処《ここ》から一里半ばかり、この村の端《はずれ》から北へ北へと、険しい山路を登って参りますと、道は二筋に分かれてその左の方の路《みち》、一五、六町も行って山と山との間、丁度擂鉢《すりばち》のような谷間にございますので、以前《もと》は一家内五人住んでいた水車小家でございましたが、今から六、七年前に何者のためにか、一家内皆一夜の内に殺されて仕舞い、それからというもの、毎晩幽霊が出るので誰も住まう者はなく、今は恐ろしい破家《あばらや》になっているのでございます」

「どんな幽霊だ」

と一行中で一番臆病者の評判を取った、一画家先生は早顔色を変えて問うた。

「それがでございます。その水車小家は前にも申す通り、もう破家になって水も堰き止められて流れて来ず、また一陣の風の無い時でも、毎晩真夜半《まよなか》になりますと、水車は恰《あたか》も生きているように、如何《いか》にも淋しい悲しい音を立てて、ギギー、ギギー、ギギーと、自然に廻るのでございます。そうしてその水車の蔭から白い幽霊の姿が現れ、怨めしそうに幾度も小家の周囲を廻っているということでございます。はい、現に見た者も何人あるか知れません。ただ見たばかりなら宜《よ》いが、幽霊の正体を見届けるとかなんとか言って、止《よ》せば宜《よ》いのに好奇《ものずき》にも、真夜半に水車小家へ向かった者も二、三人ありましたが、その者らはそれっきり帰って参りません。確かに幽霊に取り殺されたものに相違なく、それでその水車小家の近辺へは今でも日中でも恐がって参る者のないほどでございます」

「面白い面白い。早速探検に行こうではありませんか」

と、ほとんど同時に叫んだのは、年少気鋭の猛雄少年と俊一少年とである。

博士は煙草を吹かしながら幽霊小家の話を聴き、

「そんな無稽《ばか》なことがあるものか」

とつぶやいていたが、二少年が探検に行こうと叫び出した声を聴いて呵々大笑《かかたいしょう》〔口を大きく開いて、大声で笑うこと〕し、

「若い者はそれだから不可《いかん》!」

と、爺公《おやじ》には分からぬ日本語で、

「君らはこんな無稽《ばか》な話を聴いて何を騒ぐのだ。朝鮮の田舎の無智蒙昧な爺公《おやじ》、何を言うか分かるものか。幽霊のこの世に存在していないぐらいのことは学問をした君らは疾《と》くに知っているはずだ。幽霊話を聞いて探検などと騒ぐより、早く寝給え。明日はまた、一〇里以上歩かなければならんよ」

爺公《おやじ》は言語が分からないので、眼をパチクリパチクリさせているばかり。髭先生達は勿論、平生《ふだん》ならば知らず疲れ切った今、好奇な探検に行こうなどという者は一人もない。二少年は不平で堪《たま》らないが、大人の言うことだから反対も出来ず、また博士の言うことは一応道理千万で、議論したとて勝てる見込みもないから、

「それでは仕方がない。寝るとしよう」

と、それより一同は三組に別れ、猛雄少年と俊一少年とは、別々の室へ入って眠ることになった。

猛雄少年は博士らと同じ室《へや》へ入って寝たが、博士も他の髭先生らも、昼の疲労《つかれ》が激しかったと見え、横になるとすぐ鼾声雷《かんせいらい》の如く寝込んで仕舞《しま》う。しかし猛雄少年はなかなか眠られぬ。決して幽霊話に怖気《おじけ》の付いたためではない。不思議で不思議で堪らないか

らだ。少年とても、幽霊の存在していないくらいは百も承知しているが、あの幽霊話をした爺公《おやじ》は朴訥《ぼくとつ》そうな人間で、万更根《まんざら》も葉もない嘘を言ったとは思われぬ。現にその水車小家で幽霊を見たと言う者も数人あり、また探検に行った者は、それっきり帰らないという以上は、其処《ここ》に何か不思議なことがあるに相違ない。こんな事を考えると夜が更けてもなかなか眠られず、右に左に寝返りしていたが、遂に堪らず、

「ヨシ！　一人で探検に行こう」

と決心した。今は夜の一一時前後だから、一里半の山路《やまみち》如何《いか》に険しくとも急げば零時半頃には目的の場所へ達することが出来るだろう。審《つぶ》さに水車小家の有様を探検し、果たして不思議な物が現れるか否かを見定め、夜の明けぬ内に再び帰って来たならば、一行の出発に遅れることはあるまいと考えたので、斯《か》く決心を固めると、彼は博士らの寝息を窺って寝床を這い出し、身軽に服装《みじたく》を整え、旅行用の仕込み杖を提《ひっさ》げて、密《ひそか》に宿屋を抜け出した。

先刻の爺公《おやじ》の話により水車小家への路《みち》は記憶しているので村端《むらはずれ》から、北に向かって折れ、月光をたよりに、だんだん山路を登って行くに、その険しいことは予想に倍し、断崖《がけ》

の崩れた所もあれば、巌石《がんせき》の今にも頭上から落ちて来そうな絶壁あり、あるいは森林の下を過ぎ、あるいは独木橋《まるきばし》の上を渡り、もう一里位は来たと思う処で、路は二筋に分かれ、其処《そこ》に一個の立札が立っている。二、三年以来《このかた》雨露に暴《さら》され、木色《きいろ》も黒ずんで明らかには分からないが、月の光によくよく見れば、猛雄少年も近頃漸く覚えた朝鮮仮名文字で、

「是より左の路を進めば恐ろしい場所あり。何人《なんびと》も立ち入る勿《なか》れ」

と記してある。

「ハハア、これを行けば宜《よ》いのだな」

と、猛雄少年は少しも恐れる気色はなく、仕込み杖を武者修行者のように腰に帯び、その左の路《みち》を取って進むに、路は今迄にも勝って険しく、草蓬々《くさぼうぼう》と行途《ゆくて》も分からぬほど生えているのは、長い間人跡の絶えていたことを示し、この辺往時《むかし》は虎や狼の現れた場所、今はそんな猛獣はいないだろうが、遠く怪鳥の啼く声など実に物凄い。

ところで猛雄少年はこの分かれ路に入り、草を踏み分け二、三町も進んだと思う頃、たちまち前方四、五〇間離れて、一個の尋常《ただ》ならぬ物が眼に入った。それは行途《ゆくて》の方《かた》を

歩いている一個の黒影《こくえい》で、確かに人間である。そして水車小家の方角に向かって歩いていたのであるが、此方《こっち》の足音でも耳に入ったのか、ふと振り向いたと思うと、急にその姿は路傍《みちばた》の樹蔭《こかげ》に見えなくなった。

「奇怪《きっかい》な奴！」

と、猛雄少年は歩行を停《と》め、今頃こんな淋しい場所へ来る奴は、決して尋常の者ではない。あれがまさか爺公《おやじ》の語った幽霊ではあるまいが、何しろ怪しい奴である。これは油断がならないと思うので、自分も大木の蔭に身を隠し、暫時《しばし》様子を窺っていたが、五分経《た》っても六分経《た》っても七分、八分、やがて一〇分経《た》っても、彼《か》の黒影は再び出て来ないので、せっかちの猛雄少年はもう辛棒しておられず、

「怪物め、何処へ行って仕舞ったのだろう。ウム僕は、少しも恐いとは思っておらぬのだが、やはり神経を起《お》こして、あんな幻影《まぼろし》を見たのかも知れん。ああそうだ神経だ、神経だ」

と、彼は自分で自分を笑い、直ちに大木の蔭を出て平然として、なおも水車小家の方に向かって路を急ぎ、彼《か》の怪物の隠れたと覚しい場所の前を過ぎたが、なんの物音も聞こ

えず何事も無いので、愈々《いよいよ》安心して更に進み、この辺《へん》大木が路の左右から枝を交え、物の形も明らかに分からない暗い場所まで来た時だ。たちまち側《かたわら》の物蔭から不意に現れ、疾風の如く猛雄少年に飛びかかって、その胸倉をむんずと引っ掴んだものがある。

これには流石《さすが》の猛雄少年も慄然《ぎょっ》とした。

（二）五個の髑髏

幽霊小家も間近になった時、路傍《みちばた》の物蔭から不意に現れ、物をも言わず胸倉を引っ掴んだ物があるので、これには流石《さすが》の猛雄少年も一時慄然《ぎょっ》としたが、柔道修練の健男児、ヤッと一声掬《すく》い投げを打ち、残った処を蹴返さんとしたが、その瞬間木の間を洩れる一道の月光は、サッと二人の顔を照らした。互いに見合わす顔と顔、二人は同時に驚愕《おどろき》の声を放って、

「ヤッ、君は猛雄君でないか」

「ヤッ、君は俊一君でないか」

「どうして君はこんな処へ来たのだ」

と、猛雄少年は相手を引っ掴んだ手を放して問うた。

「実は先刻宿屋の爺公《おやじ》の話を聴き、不思議で不思議でたまらぬから、こっそり幽霊小家の探検に来たのだよ」

「ウムそうだ。僕はよほど君を誘おうかと思ったが何しろ不思議な場所へ来るのだから、万一危難の起こった場合、僕一人なら死んでも仕方がないが、君を誘い出して危難の分配《ぶんぱい》をしてはならないと思ったので、僕一人で探検に来ることにしたのだ」

「僕もそうだ。ところで君は何故、背後《うしろ》から来た僕の姿を見て、急に木蔭《こかげ》に姿を隠したのだ」

「それがさ、僕はまさか、君が背後《うしろ》から来ようとは思わない。此処《ここ》まできてから背後を振り向くと忍び足にやって来る黒い人影が見えるだろう。テッキリ奇怪な奴だと思ったので木蔭に隠れて様子を窺うと、君もすぐに姿を隠したろう。いよいよ曲者《くせもの》に相違ないと考えたから、此処《ここ》に待ち伏せて急に引っ捕え、白状させたら幽霊小家の秘密も分かるだろうと、さてこそ飛び出して滑稽な組み討ちをやったのさ」

「ああそうか。僕はまた、君を怪物と疑ったのだ。とにかく此処で会ったのは実に愉快だ。サアこれから同伴《いっしょ》に探検しよう」

と、それより二人は相携え、何しろ不思議の場所に入り込むのだから、注意に注意を加え、足音も立てぬように歩み出したが、山路はこの辺からだんだん下り坂になって、やがて立札の所から一五、六町も来たと思う頃、四面《しめん》山に囲まれ、丁度摺鉢《すりばち》の底のようになっている谷間へ来た。此処は爺公《おやじ》の語った地形に相違ないので、幽霊小家は何処かと見廻せば、此処は月の光も完全には射し込まず、朦朧《もうろう》として陰気な場所であるが、唯見るこの谷底の東の端、前に一流の谷川を控え、後に削れる如く絶壁を負《お》って、一軒の古びた水車小家の立っているのが眼《め》に入った。

「あれだ!」

と、猛雄少年は指さした。

二人は暫時《しばし》眼《まなこ》も放たず其処《そこ》を眺めていたが、俊一少年は何を見付けたか驚き怪しむ様子で、

「オイ、あの閉ざされた扉の隙間から、微《かす》かに燈火《ともしび》の光が洩れているではないか」

「そうだ。僕も不思議で堪らんのだ。数年以来《このかた》住む人もないという幽霊小家から、あんな燈火《ともしび》の漏れているのは合点がゆかぬ。あの扉口《とぐち》に忍び寄って内部を窺《のぞ》いて見ようではないか」

「宜《よ》かろう。しかし随分危険だから、少しも物音を立てないように近寄らねばならぬ」

と、それより二人は亀の子のように地面を這い、彼《か》の谷川まで行って見ると、其処《そこ》には半ば朽ちた独木橋《まるきばし》が架っているので、その独木橋をも這うようにして渡り、漸《ようや》くのことで小家の扉口に忍び寄り、古《ふる》び裂《さ》けた隙間から竊《そっ》と内部を窺《のぞ》いて見ると、内部には一丁の蝋燭《ローソク》がボンヤリと点《とも》っているばかり。人のいる気配などは少しもない。

「オイ、火は点っているが、矢張り住む者はないのだ。早速入って見ようではないか」

と、せっかちの猛雄少年は、すぐに手を伸ばして扉を開けようとした。

「待て、待て。自然に蝋燭の点っているはずはない。また幽霊が火を点《つ》けておくわけもないから、何か奇怪な秘密が潜んでいるのだろう。モット辛棒してよく様子を見定め、愈々《いよいよ》危険がないと分かってからゆるゆる入っても遅くはあるまい」

と俊一少年は思慮深く制し、なおも様子を窺うこと一五、六分、しかし内部は相変わらず寂寞《しーん》として、人間はおろか生ける物は、虫一匹すらいない様子なので、もう大丈夫と二人は静かに立ち上がり、扉を少し押し開けて内部へ入り込むと、途端！　蝋燭の火はゆらゆらと青く燃え上がって消えた。しかしこれは何も怪しむに足らない。扉が開いて一陣の風がスーと吹き込んだので、その風のために火は消えたのだ。けれど急に室内の真っ暗になったため、二人は一時大いにまごつき、

「オイ、マッチを持って来なかったか」

と、猛雄少年が手探りにその辺を撫で廻した。

「そんなことに抜け目があるものか、ちゃんと持って来た」

と、俊一少年はポケットからマッチを取り出し、蝋燭《ローソク》に以前の如くに火を点じ、二人はグルグル室内を見廻すに、この小家にはこの室《へや》の外《ほか》に一室もなく外《そと》の大きな水車の軸が室内まで突き入って、此処《ここ》は元来人の住まうために造られたものではなく、数年以前まで麦や米を搗《つ》く労役場で、下等生活に馴れたる水車小家の一家族は、その隅の方に蓆《むしろ》を敷いて起居していたものと思われる。その代わり広いことはなかなか広く、屋根は高くして天井には、馬鹿に太い梁が渡してあるばかりだ。

朦朧《ぼんやり》とした蝋燭の光では隅から隅まではよく分からぬけれど、なるほど此処《ここ》は一目見て、数年以来住む人のなかった場所とも思われる。柱は傾き、壁も処々《ところどころ》崩れ落ち、床は一面に塵埃《ちり》に掩《おお》われて実に惨憺《さんたん》たる有様である。しかしまたよく注意すると、此処には今の今まで、何者かが住まっていたような形跡も見える。それは何故かというに、第一蝋燭の点《とも》っていたこと、第二には室《へや》の中程に、数枚の汚い蓙《ござ》が敷いてあって、その上に破れた茶碗や、口の欠けた土瓶などの転がっていることだ。試みにその土瓶を取り上げ、口を下にして見た処が、数滴の水がタラタラと流れ落ちた。まさか幽霊の小便ではあるまい。

「いよいよ不思議な場所だ。モットよく詮索して見よう」

と、二人はなおも室中《へやじゅう》を見廻すと、北の隅の方には、なんだか押入れのようなものが二つ三つ見える。

「あの押入れを開けて見よう」

と俊一少年は蝋燭を持って先に立ち、押入れの最も隅の一つを引き開け、二人は蝋燭と共に顔を差し入れて一目見たが、同時にアッと驚いて二、三歩引き退った。

驚いたのも無理はない。押入れの奥の方には、五個《いつつ》白い円い物の並んでいるのが見える。よく見るとそれは五個《いつつ》の髑髏《されこうべ》なのだ。胴や手足の骸骨はなく、ただ首ばかり並んでいるので、歯を剥《む》き出し、鼻と眼との所は大きな穴になって、眼玉は無論ないけれど、怨恨《うらみ》を帯びて此方《こなた》を睨《にら》んでいる様子。

「ああ気味が悪い。なんの髑髏だろう」

と、猛雄少年は俊一少年の顔を見た。

「人間の髑髏さ」

「人間の髑髏は分かっているが、何者の髑髏だろう」

「僕思うに、先刻宿屋の爺公《おやじ》が話したろう。数年以前この水車小家の一家族五人は、一夜の内に何者にか皆殺されたと言ったろう。その殺された家族五人の髑髏ではあるまいか」

「そうだ、そうだ。そうに違いない。髑髏になっても、あの怨恨しそうな面相《つらつき》で分かる」

「髑髏に嬉しそうな面相《つらつき》があるものか。皆あんな面相《つらつき》をしているのだ」

と、俊一少年は微笑を浮かべて、

「しかしなるほど怨恨しそうに見えるなア。きっと殺した奴は山賊か何かで、金銀家財を奪い取った後残酷にも五人の死骸の首を打ち落とし、胴から下は前の谷川へでも投げ込み、首だけはこの押入れへ並べて置いたものだろう。何時《いつ》か読んだ書物に書いてあった。野蛮国の山賊仲間にはいろいろの迷信があって、或る山賊仲間の如くは、その殺した者の生首を、その家の床下かまたは押入れの中へ隠して置き、それが腐って髑髏になるまで捕縛されずば、一生無難に過ごすことが出来るとかいう、実に奇怪千万な迷信を抱いている者もあるそうだ。この髑髏を此処《ここ》へ隠して行った奴も、きっとそんな迷信を抱いている悪人だろうと思う」

「なるほど、そうに違いない。して見るとこの髑髏はこの押入れの中で、生首から腐ってこんなになったのだな。そう思うとなんだか臭い。臭気ぷんぷんと鼻を衝《つ》いて来るではないか」

「神経の作用だよ。腐ってから数年の歳月を経《へ》て、こんな髑髏になって仕舞えば何が臭いものか。一つ出して見ようか」

「真っ平真っ平、それより今度は隣の押入れを開けて見よう」

と、猛雄少年は神速《すばや》く、髑髏の入っている押入れの戸を閉めると、その戸を閉める拍子に風が起こって、俊一少年の手に持った蝋燭の火は、また青く燃え上がって消えた。

「エイ、仕方がないなア」

と、もう一度点《つ》けるつもりで、俊一少年はポケットに手を差し込んだが、マッチはない。先刻点けた後で何処か床の上へ置き忘れて来たのである。

「何処へ置いたろう」

と、室内は暗いので、二人はマッチを捜すつもりで、手捜りに床の上を腹這い、其処此処《そこここ》となく撫で廻したが、マッチは何処へ行ったものか手に当たらない。その代わりなんだか知らないが冷たいものがヒヤリと俊一少年の手に触れた。

「オオ、気味が悪い」

と、その手を引っ込まして考えて見ると、先刻土瓶の口から床の上に滴した水だと分かったので、

「なんだ、馬鹿馬鹿しい」

と、思わず一声笑《ひとこえ》おうとした時に、猛雄少年は何に驚いたのか、急に黒暗の中で俊一少年の肩先を捕えて引き寄せ、

「オイ、静かに静かに！」

「なんだ」

「なんだか知らないが、今あの少し開いている戸口の僕らの入って来た処から、奇怪なものが此方《こっち》の様子を窺いていたようだぜ」

「エッ、どんなものだ」

と、俊一少年は聞こえるか聞こえないほどの声で問うた。

「直ぐ見えなくなったのでよくは分からなかったが、なんでも細長い白い姿だったぜ」

「神経の作用だろう」

「イヤ、確かに窺いていたのだ。オヤと思うと戸の外《そと》へ消えて仕舞ったのだ」

「フム、するとそれが、即ち幽霊と言う奴だろう。早くマッチを捜し出し、火を点けて正体を見届けようではないか」

「イヤ、もう火を点けない方が安全だろう。暗い所に音も立てず潜んでいたら、また窺

きに来るかも知れない」

と、二人は真っ暗な室《へや》の片隅に身を寄せ、暫時《しばらく》は息を殺して潜《ひそ》んでいる。深山《しんざん》の夜は更けて、既に真夜半《まよなか》の一時過ぎ、小家《こや》の前をどうどうと流れる谷川の音のほか、風も今は死して、実に身に染みるほど淋しい有様であるが、その淋しさを怺《こら》えて、やや一四、五分も過ぎたと思う頃だ。如何《いか》なる物音が耳に入ったのか、二人は同時に左右から身を擦り寄せ、

「オイ、今の音を聴いたか」

と、互いに思わず身慄いした。

身慄いしたのも無理はない。実に彼《か》の宿屋の爺公《おやじ》の語った如く、この小家の外の大きな水車《みずぐるま》は今現《げん》に生けるが如く自然にギギーと廻ったのである。

其処《そこ》は前にもいったように、今は一滴の水も流れて居らず、また一陣の風もないのに、水車《みずぐるま》は恰《あたか》も泣くが如く怨むが如く、ギギー、ギギー、ギギー、と輾《きし》って廻る。その物音はなんとも言われないほど物凄い。

(三) 幽霊の正体

奇怪な水車が自然に廻り出した音の物凄さ！　二人は思わず身慄いしたがこんなことで身慄いするようでは仕方がないと、猛雄少年は俊一少年の耳に口を寄せ、

「オイ、なるほど水車は不思議に廻る。果たして自然に廻るのか、それとも廻している奴があるのか、一つ外《そと》から廻って見届けて遣《や》ろうではないか」

「宜《よ》かろう。しかし軽々しく外《そと》へ出るのは危ない。それより見給え。あの水車に近い壁の方に、壁土が崩れ落ちて、二つ三つ小さい穴が明き、月の光が微かに射し込んでいるではないか。あの穴から窺いて見た方が宜《よ》かろう」

「そうだ。その方が安全だ」

と、二人は暗い床の上を腹這い、その壁の側に忍び寄り、竊《そっ》と首を伸ばして、小さな穴から外を窺《のぞ》いて見ると、この時偶然ではあろうが、月は俄かに雲間に隠れて、唯さえ薄暗い谷の底、殊に暗くなってよくは分からないけれど、水車は依然として、ギギー、ギ

ギーギーと、物凄い轣《きし》り声の聞こえるばかりではなく、静かに静かに廻っているのも分かり、その水車の陰の最も暗い処に、なんだか細長い白い姿の立っているのが朦朧《もうろう》と見えた。

二人は穴から眼を放して顔を見合わせ、

「あれだよ。あの姿だよ。先刻戸口から室内を窺いていたのは――」

と猛雄少年は俊一少年に耳語《ささや》いて、

「あの白い姿の怪物が、水車を動かしているのだぜ」

「本当に幽霊のように見えるが、一体なんだろう」

「どうも暗いので正体が分からぬ。もう一度よく見て遣《や》ろう」

と、二人は再び穴に眼を押し当てようとした時、今までギギー、ギギーと轣《きし》っていた水車の音は絶えた。急ぎ穴に眼を押し当てて見ると、水車はもう死せるが如くに動かず、折から月はまたもや雲間から現れたけれど、彼の白い姿の怪物は、何時の間に何処へ行ったのか、既に影も形も見えなかった。

「もう何処かへ消えて仕舞《しま》った」

「何処へ行ったのだろう」

斯《か》く怪訝《いぶか》って、二人は小首を傾けている折から、奇と言おうか、怪と言おうか、何処からか極く低い足音、ほとんど聞こえないほどの足音がして、何物かこの小家の周囲を、グルグル廻っているような気配がした。

二人は言い合わせたように、直ちに穴に眼を押し当てて見ると、丁度その時その足音は、壁のすぐ外《そと》に聞こえて、何物か丈高《たけたか》い白い姿が、ヌッと眼前に突っ立ち、忽ちツーと彼方に消え去った。

壁の穴は極く小さく、それにすぐ前で立ち上がったかと思うと、瞬間彼方に消え去ったので、やはり正体を見届けることは出来なかったけれど、いよいよ奇怪な物であると言うことだけは分かる。

「何物か分からないが、引っ捕えて遣《や》ろうではないか」

と、俊一少年は腕をさすった。

「待て、待て。迚《とて》も生け捕ることは出来まい。僕に任せ給え」

「どうするのだ」

「一刀の下《もと》に斬り殺して仕舞《しま》おう」

「それも宜《よ》かろう。しかし斬り殺すのも容易であるまい」

「ナニ、怪物はグルグルこの小家の周囲を廻る。僕はあの戸口の陰に隠れていて、丁度その前に来た時、いきなり飛び出して斬り倒して遣《や》る。君は僕の背後《うしろ》にいて、万一僕が遣《や》り損《そこ》なったら、すぐにその跡を追っ掛けて呉れ」

「ヨシ、ヨシ、それではすぐに決行しよう」

と、二人はどうしても幽霊の正体を見届けるつもりだから、相手は何物か分からず、随分冒険な話だが、遣り損なって殺されたらそれまでと、凛々《りり》しく決心の臍《ほぞ》を固め、直ちに彼《か》の少し開けてある戸口に立ち寄り、猛雄少年は仕込み杖を引き抜き、上段に構えて戸の陰に身を潜め、俊一少年は其処から少し離れて、仕込み杖の柄を握り息を殺している。

　それと気付いたか気付かないか、怪物は矢張り小家の周囲を廻ることを止《や》めぬ。ほとんど聞こえないような足音は、はや小家の横の方から近づくので、見えたらすぐにと、猛雄少年は胸を轟《とどろ》かしながら待っている。

しかるにもう一、二秒で戸口の前に現れると思う瞬間、ヤ、ヤ、ただ細長い一個の白い物が、眼にも留まらぬほどの速さで、横様《よこざま》にツツーとその前を過ぎ去って仕舞う。飛び出す間も何もあったものではない。

「失敗《しま》った」

と、猛雄少年は切歯《はがみ》した。

「急《せ》くな急くな。またすぐに来る」

と、俊一少年は背後《うしろ》から励ました。

なるほどその言の如く、怪物の足音はまた小家の横の方から聞こえて来た。今度こそは遁《のが》すまいと、右手に仕込み杖、左手に汗を握って待つ間もなく怪物の足音は早戸口のすぐ横の方に、ソラと思う途端もあらせず、これはまた意外である。たちまち眼前にツーと突っ立ったのは、六尺ばかりの細長い真っ白い姿、ツと扉口から此方《こなた》を窺き込んだ。

余りのことに猛雄少年は一時慄然《ぎょっ》としたが、勿論待ち構えていた処である。なんの驚くものかと、たちまち、「怪物!」と一声、疾風迅雷《じんらい》の如くに斬り付けた。その時怪物の叫んだ声は実になんとも言われない物凄い声で、バッタリ倒れたかと思うと、すぐ横様になって逃げようとする処を、横合いから飛鳥の如く躍り出た俊一少年は抜く手も見せず一刀浴びせかけ、倒れる処を二人は左右から乗り掛かり、咽首と覚しい処に留めを突き刺した。

「占《し》めた、占めた」

「とうとう幽霊を退治した」

と、二人は大喜びに雀躍《こおど》りし、仕込み杖の血を押し拭《ぬぐ》って鞘《さや》に納め、さて怪物の正体は如何なる物かと、朧《おぼろ》に照らす月の光によくよく見れば、これ身《み》の丈《たけ》六尺余りの巨大な白色の河獺《かわうそ》であった。実に幾多の歳月を経《へ》た老物《ろうぶつ》で、全身の毛は白銀の如くに輝き、歯も爪も黄色く長く伸び、一見身の毛もよだつほどの怪獣である。

しかし猛雄少年はなんだか気の抜けた様子で、

「なんだ。河獺《かわうそ》か。僕はモット猛悪《もうあく》な物かと思った」

と、前額《ひたい》の汗を拭って冷ややかに笑えば、俊一少年は首を振って、

「オイ、そんな不平を言うな。実にこんな珍奇な河獺は、全世界にも多くはあるまい。第一白色の河獺は極く稀《まれ》で、富豪などが莫大な金を出して求めてもなかなか得られない

ほどだ。それがこんなに年経《としへ》た老物となって、ほとんど怪獣と言っても宜《よ》いような形になっている。この白銀の如くに輝く毛皮は、一寸四方位でもどれほどの価値であるか分からぬ」

「エッ、そんなに価値《かち》があるのか」

と、猛雄少年は見直して、

「なるほどそう言われると、如何《いか》にも珍奇な河獺だ。こんな河獺は全世界にも珍しいゼ」

「オイ、人の真似をするな。しかし全く珍しい。一体、この河獺という奴は水陸共棲の動物で、陸に上がって歩く時は、恰《あたか》も矢のように這って走り、時々物に驚く時は、人間のように両足でツーと立ち上がる。それで僕は思うに、この年経た白色の河獺は、この水車小家の一家族が殺された頃から、何処《いずこ》よりかこの谷間に来《きた》って棲《す》み、余り人の姿などは見たことがないので、その足音が聞こえると驚いて立ち上がる。しかるに此処《ここ》で人殺しのあった後だから、無智蒙昧《むちもうまい》でそうして臆病《おくびょう》な朝鮮人らは、恐る恐るこの辺に来て、この丈高く細長い真っ白な奴が、音もなく暗い場所へヌッと突っ立つので、一も二も無く幽霊と信じ、この水車小家へ幽霊が出るという奇怪な噂が立ったのだろう」

「そうだ、そうだ。それに相違ない。そうして宿屋の爺公《おやじ》が言ったろう。あの村の若い者で、二、三人探検に来た者もあるが、それっきり帰らないと言うのは、この河獺に殺されたものだ」

「イヤ、河獺はいくら年を経ても、まさか人間を殺す力はあるまい。探検に来た者がそれっきり帰らないと言うのは、何物に生命を取られたかは未だ疑問だが、とにかく幽霊というのはこの河獺であったことだけは分かる。そうしてこの河獺という奴はなかなか悪戯《いたずら》をする奴で、あの水車の形が奇妙なのでそれに戯れ、何時か馴れて上《のぼ》ったり下《お》りたりするので、そのため水車が自然に廻るように思われたのだろう。シテ見ると水が流れていないのに、水車の廻るのも少しも不思議でない。何しろ幽霊の正体を見届けて、こんな珍奇な河獺を退治したのだから、これを持って帰って一同に見せたら、博士や他の人々も大いに驚くだろう」

「どうかして持って帰ろうではないか。一同を驚かすばかりでなく、これを日本へ持って帰って剥製《はくせい》にしたら、余程《よほど》珍奇な動物標本になるだろう」

「しかし非常な重量だから、迚《とて》も一里半の山路を、二人では担いで行かれまい」

「そうだ。仕込み杖もあるから、皮を剥いで行ってもいいのだが、下手に剥いで皮を疵《きず》だらけにしては詰まらぬから、それよりこうしよう。これをこのまま此処《ここ》へ置いて、ひとまず麓の宿屋へ帰り、大勢を引き連れて取りに来ようではないか」

「そうするより他に策はない。しかしこのまま置いて無くなっては困る」

「ナアニ、無くなるものか。此処《ここ》は誰も恐がって来ない処ではないか」

「イヤ、そうでない。村の臆病な奴らは来ないが、先刻小家の中に蝋燭の火が点《とも》っていたから、火が自然に点るわけはない。その上室内の土瓶の中に水も残っていたろう。シテ見ると近頃この小家の中に何者か住居を定めて今に何処かから帰って来るかも知れない。若《も》しそんな奴が帰って来て、僕らのいない間にこの河獺を、谷河の中へでも投げ込まれて仕舞っては堪らない」

「それでは何処かへ隠して行こう」

「何処へ隠して行こう」

「そんな懼《おそ》れがあると、小家の中へ隠して行くわけにも行かず――、オオ、オオ、あの巌石《いわ》の間へ隠して行こう」

と、猛雄少年はとある場所を指さした。なるほど其処はこの小家から少し隠れ、巌石《がんせき》が屏風のように立って、その陰へ隠してゆけば、容易に見付かる気遣いはないので、俊一少年も賛成し、二人は横たわっている河獺を引っ担ぎ、外から見えないよう巌石の間へ隠したので、もう好し、この上は一刻も早く麓の宿屋へ帰り、博士初め一同にこの話を為《な》し、再び大勢と共に此処へ取りに来ようと、二人は打ち連れて帰路に就いたが、小家の前の独木橋《まるきばし》を渡ろうとした時、猛雄少年は何思ったか急に立ち止まり、

「オイ、このままノコノコ帰るのもつまらない。あの小家を焼き払って帰ろうではないか」

「何故だ」

「何故でもない。あんな奇怪な小屋を残して置くと、何時迄《いつまで》も幽霊小家の名が残って、愚昧な人民を惑わすこととなる。どうせこんな所へ住まおうという奴は、白昼世間に出られない悪人にきまっている。あんな小家は焼き払って、奇怪な噂の源を絶って仕舞えば、即ち社会の公益になるというものだ」

「なるほど、それもそうだ」

と、元より血気の少年、再び水車小家に取って返したが、これぞ大珍事を見る基《もとい》となったのだ。

二人は再び水車小家に入り、此処を焼き払うためには是非マッチが要るので先刻のマッチは何処へ行ったろうと暗い床の上を這い廻って頻《しき》りに捜したが、何処へ行ったものかどうしても見当たらない。

「仕方がないナア。オイ、その扉をモット充分に開けて、なるべく月の光を入れて捜す方が宜《よ》かろう」

と、奥の方から俊一少年が声を掛けたので戸口に近い猛雄少年は立ち上がり、充分戸を開けるつもりで、ふと入口から顔を出して外を見たが、たちまち何か眼に入ったのか、さも驚いた様子で俊一少年の側へ馳せ来り、

「オイ、大変だぞ」

「なんだ」

「なんだか知らぬが、奇怪な奴が六、七人、谷川の向こうから、この小家を目指してや

って来たぞ」

「エッ」

と言いつつ、俊一少年も立ち上がり、竊《そっ》と入口から外を差し窺《のぞ》くと、なるほど猛雄少年の言うが如く、何物か素姓は分からないが、白い衣服を着た大男が六、七人、おのおの背に大きな荷物の様な者を引っ担ぎ、朧《おぼろ》な月の光を浴びて、ゾロゾロとはやこの小家の四、五〇間手前まで迫って来たのだ。もうこの戸口から外へ飛び出して逃げるわけにもいかない。壁を突き破って逃げるわけにもいかない。

「オイ、どうしよう」

と、俊一少年は猛雄少年の顔を見た。

「仕方がない。此処に頑張っていよう。彼奴らが悪い奴で危害を加えたら、仕込み杖を引き抜いて無茶苦茶に戦う迄さ」

「そんな無謀なことをするのは愚だ。とにかく何処かへ隠れて様子を見よう」

「何処へ隠れる。髑髏の入っている押入れの中などは御免だぞ」

「そんな処へ隠れるものか、押入れの中なぞへ隠れていて、万一開けられようものなら、それこそ袋の鼠だ。それより見給え、天井には幸い太い梁が渡っている。あの梁の上へ身を隠そう」

「ウム、梁の上とは奇抜だ」

と、二人はもう危急存亡《ききゅうそんぼう》の場合だから、身の軽いことも、猿《ましら》の如く、室内へ突き入っている水車の軸を伝い、神速《すばや》く梁の上に這い上がり、守宮《やもり》の如く四つ這いになって身を隠した時、奇怪な奴らは早ドヤドヤと戸口に来り、中の一人は四辺に響く大声に、

「オイ、この戸は、出る時閉めて行ったはずだが、何故開いているのだ」

と怪訝《いぶかり》を帯びた朝鮮語で鋭く叫んだ。二少年は近頃多少朝鮮語を解するので、サア失敗《しま》ったと梁の上で固唾《かたず》を呑んだ。

(四) 七人の怪賊

奇怪な奴らは近頃この水車小家に住んでいる者に相違ない。だからこの真夜中に何処《どこ》からか帰って来て、その中の一人は戸口の開いているのを見るより声を尖《とが》らし、

「オイ、この戸は出る時閉めて行った筈だが何故開いているのだ」

と怪訝《いぶか》ったのだ。

梁の上に隠れている二少年はヒヤリとした。けれど奇怪な奴らの他の連中は、左程《さほど》怪しいとは思わないのか、

「ナアニ、閉めたつもりで、誰か開放《あけはな》して行ったのだろう」

と言うのもあって、これは余《あま》り深く詮議もされず、一同はドヤドヤと小家の中へ入り込み、

「ヤア、蝋燭も消えている。風が吹き込んで消したんだろう」

と、彼らは何か重そうな物をドンドン床の上に下ろし、軈《やが》て一人はマッチを擦《す》って蝋燭を捜し、彼の髑髏の入っている押入れの前に落ちているのを見付け、

「蝋燭もこんな処へ来て転がっている。どうも不思議な晩だ」

と言いつつ火を点《つ》けた。

室内は茫乎《ぼんやり》と照らされる。その火の光で彼らはグルリッと室内を見廻すに、室内には格別変わったこともないので、一同は稍《やや》安心の体《てい》で床の上に腰を下ろした。

しかし驚いたのは梁の上の二少年である。コッソリ上から下を見下ろすに、今入って来た奴らは、七人の異様な風俗をした朝鮮人で、いずれも身長六尺に近い大男。髪は乱れ髯《ひげ》は蓬々《ぼうぼう》と伸びて顔色《がんしょく》青黒く、みな悪人の相《そう》を帯びた眼は薄気味悪く光っているけれど、二少年の驚いたのはそんなことではない。彼らが何処からか担《かつ》いで来て床の上に下ろした荷物である。手提鞄《てさげかばん》もあれば蝙蝠傘《こうもりがさ》もあり、その品数は数十点で、それを七ツに分けて取り纏め細引きを掛けて七人で背負って来たのである。

二少年はそれらの品物に皆見覚えがある。見覚えのあるはずである。それは麓の宿屋に泊まっている旅行隊一行の携帯品で、中には猛雄少年の双眼鏡や、俊一少年の写真器械なども交じっているのだ。これで何事も分かった。彼らはこの小家に住んでいる奇怪の賊で、今夜麓の宿屋に押し寄せ、一行の荷物を盗んで来たのである。ほとんど総ての携帯品を盗んで来たのだ。

二少年は梁の上に身を潜めながらも、これを見て口惜しくて堪《たま》らない。互いに耳に口を寄せ、

「オイ、怪《け》しからん奴らではないか。黙っては居《お》られない。此処《ここ》に何時《いつ》まで隠れていて

も、彼奴らが下に頑張っている間は、迚《とて》も無事には帰られない。早く帰らなければ夜が明けて仕舞う。夜が明けたら結局見付けられるにきまっているから、いっそ飛び降りて勝負を決し、勝ったらあの荷物を奪い返して帰ろうではないか」

と、せっかちの猛雄少年は今にも飛び降りそうにする。俊一少年は慌てて押し止め、

「待て、待て。そんな無謀なことをするな。もう少し辛抱して様子を見よう」

止められて猛雄少年も仕方なく、なおも物音を立てずに見ていると、怪賊らは今度は胸を押し拡げ、中からいろいろの時計や財布を引き出し、自分らの持っている凶器と共に床の一端に積み重ねた。

「オイ、博士の金時計や、僕らの財布もあるではないか。いよいよ怪しからん奴だ。どうしても飛び降りて勝負しよう」

と、猛雄少年はまた憤慨する。

「マア、待てと言うに」

と、俊一少年は頻《しき》りに押し止め、なおも様子を見ていると、怪賊の中でも巨魁《きょかい》〔(盗賊などの)首領。かしら。親分〕と覚しく、最も人相の悪い一人は、ドッカと尻を床に据えたま

ま脛《すね》を擦《さす》って、

「ああ疲れた疲れた。何しろ二〇何人分の荷物を盗んで来たのだからな。若《も》し日本人の奴ら眼を醒《さま》したら仕方がない。凶器を振り廻そうと思ったのだが、一人も眼が醒めず楽々と盗んで来られたのは仕合わせだった。なんと言っても日本人の奴らは気が強く、眼を醒して抵抗《てむか》われては危ないからなア」

「そうだそうだ。日本人を相手にはコソコソに限る。大分高価《たかめ》な物もあるようだ。早速に荷物を解いて分けようか」

「マア急《せ》くな急《せ》くな。荷物はそのまま置いたって逃げはせぬ。何しろ頗《すこぶ》る疲れてるから酒でも飲んで一寝入りし、夜が明けてからゆっくり分けるとしよう」

「酒か、酒か。その方が好い」

と、二、三人はドヤドヤ立ち上がり、彼《か》の髑髏《されこうべ》の入っている押入れの隣を開け、大きな酒樽と数個の茶碗とを取り出して来た。これらも何処からか盗んで来たものであろう。早速車座になって酒宴《さかもり》を始め、飲むは飲むは、茶碗でガブガブ飲みながら、だんだん上機嫌になって来たが、それでも巨魁《きょかい》と覚しき奴は、何か気になることがあると見え、

「だがどうも扉《と》の開いていたのが不思議だぞ」

と、薄気味悪い眼でジロジロと上の方を見る。失敗《しま》った今度こそ見付けられたかと、二少年は気が気でなかったが、梁の上へピッタリ密着している上に、此処《ここ》までは蝋燭の光も届かないので幸い見付からず、他の奴らはただもう上機嫌になって、

「ナアニ、大丈夫だ。俺らの他《ほか》は誰がこんな処へ来るものか。七年前に俺らが、この水車小家の一家内を鏖殺《みなごろ》しにし、此処《ここ》を隠れ場所と定めてから、折よく白河獺《しろかわうそ》なども出歩くので、幽霊が現れたという噂が立ち、誰も恐くって来られやしない。たまたま好奇《ものずき》に探検にでも来ようものなら、何時《いつ》か来た村の若い奴らのように、一人だって生かしちゃ帰さない」

と、口々に自慢らしく旧悪を述べる。これはこの水車小家の一家内を殺した奴で、後から探検に来た奴三人を殺した奴も、皆この怪賊らであるということが分かった。実にこの怪賊らは、影あって形《かたち》なき幽霊などよりは、一〇〇倍も千倍も恐ろしい奴らである。

二少年はひそかに手と手を握り合って、驚き呆れたという意を通じた。

とかくする間《ま》に怪賊らはますます酔って来て、大の字形《じなり》に寝る者もあり、立ち上がっ

てアララン、アララン、アラリオ、リオと、朝鮮の奇妙な踊りを踊るもあったが、二〇分、三〇分と経つ内に、踊っている奴らも、一人倒れ二人倒れ、七人皆大の字形になって、鼾《いびき》の声悪獣《こえあくじゅう》の如くグッスリ寝込んで仕舞った。

もう占めたものだと、猛雄少年は梁の上に頭を擡《もた》げて低声に、

「オイ、今の内に飛び降りて、彼らを皆退治するか、さもなければ荷物を取り返して逃げて遣《や》ろう」

「マア、待て」

「よく待て待て言うなア」

「だが待て。いくら賊を退治するのだって、寝込《ねご》みを刺すのは卑怯だ。また荷物を以《も》って逃げるとしても二人であの荷物が皆担いで逃げられるものか。そこで僕に一策がある。先刻幽霊を退治する時には君に任せたから、今度は僕に任せて呉《く》れぬか」

「それは任せていい」

「では、君は暫く黙って此処《ここ》に待って居給え。僕は一人下に降りて、ほどよき時分に合図をしたら、君は飛び降りて僕に加勢するのだ」

「ヨシ、そんなら待っている」

と、猛雄少年は快く承諾したので、俊一少年は物音のしないよう、梁から水車の軸を伝って下に降りた。何をするかと猛雄少年は上から見ていると、俊一少年はまず怪賊らの寝息を窺い、愈々《ますます》大丈夫だと見ると、床の一端に積んであった彼らの凶器を尽く取り上げ、それを一纏めにして、彼《か》の髑髏の入っている押入れの奥へ隠し、それが終わると今度は荷物を縛ってある細引きの内から、最も丈夫そうな奴を七本抜いて取り、その端を皆縛ったらどうしても解けないような括輪《くくりわ》にし、それを持って酔い倒れている怪賊らの側に這い寄り、眼を醒まさないように注意に注意を加え七賊の足を片足ずつ踝《くるぶし》の上で縛り、縛った七本の細引《ほそびき》の他の一端をば、一つに合わせて厳しく水車の軸に結び着けた。これでは怪賊らは起き上がった処で、抵抗《てむか》うことも出来ねば逃げることも出来まい。

上からは猛雄少年眼を円くして、なるほど巧《うま》いことをするなと見ていると、俊一少年は七賊の片足を尽く縛り終わり、たちまち上を向いて手招きしたので、待ち構えていた猛雄少年はヒラリと飛び降り、

「巧《うま》いことをやったなア。こうして仕舞えばもう生け捕ったも同然だ」

と雀躍《こおど》りすれば、俊一少年は微笑を浮かべて、

「そうだ。しかしこれからが一仕事だ。なんでも大いに驚かしてこいつらを打《たた》き起こし、充分威勢を示して降伏させ、こいつらが盗んで来た一行の荷物を、再び七人に担がせて山を降《くだ》ろうというのだ」

「ウム、面白い、面白い」

「だが、僕らは少しでも弱味を見せてはならない。なんでもウンと強い者と思わせ、息も吐《つ》かれぬほど驚かして遣《や》らねばならないのだ」

と、其処《そこ》で二人は床の上に落ちていた手拭で鉢巻を為《な》し、腰に仕込み杖を差し込み、なお俊一少年は怪賊らを飽くまで驚かす手段として、古びた蓆の一枚をば、彼《か》の髑髏の入っている押入れの中へ入れ、それに蝋燭の火で火を放ち、すぐに猛雄少年の側へ馳せ帰り、

「サア、雷公《かみなり》の落ちたように驚かして蹴り起こすのだ」

と、二人は荒々しく床板を踏み鳴らし、酒樽を蹴返《けかえ》し、茶碗を投げ付け、同時に怪賊らの頭を無二無三に蹴飛ばして、

「ヤイ、起きろ起きろ。ヒョロヒョロ盗賊ども起きろ起きろ」

と、生覚《なまおぼ》えの朝鮮語で雷《らい》の如くに叫べば、驚くまいことか怪賊らは、酔っていながらムクムク起き上がり、

「なんだなんだ」

と、二少年の姿を見るより、

「こいつら何しに来た」

と、掴みかからんとすれば、皆片足ずつ縛ってあるので、互いに足を掬《すく》われてバタバタ倒れる。あわてふためき起き上がって、また掴みかからんとすれば、また倒れる。

二少年は此処《ここ》ぞと、仕込み杖引き抜き眼を怒《いか》らし、

「悪賊共、静かにせい。俺らは日本の軍人だ。汝らを捕縛に来たのだ。じたばたすると皆斬り殺すぞ」

朝鮮人らには日本軍人ほど恐い者はないので、流石《さすが》の怪賊らも、日本軍人と聴いては魂《たましい》を天外《てんがい》に飛ばし、殊《こと》に足は縛られて抵抗《てむか》うことも逃げることも出来ず、自分らの凶器はと見ても、その凶器さえ取り上げられて仕舞って見えないので、ほとんど生きた心地

もなくもがいている折も折、彼の髑髏の入れてある押入れからは、魔人の舌のように真紅の火焔《ほのお》が吹き出したので、怪賊らは戦慄恐懼《せんりつきょうくお》措く処《ところ》を知らず、ただキョロキョロして顔を見廻すばかりだ。

二少年はいよいよ勢い鋭く、ギラギラ光る仕込み杖を上段に振りかぶり、

「ヤイ、悪賊共、あれを見よ。汝らが七年以前に殺した、この水車小家の一家族は、髑髏になっても未だ怨念が残り、真紅《しんく》の火焔《ほのお》を吐いて汝らを焼き殺そうとするのだ。もう手を背後《うしろ》に廻して降参する他《ほか》はあるまい。少しでも俺らの命令に背《そむ》けば、片っ端から一刀の下《もと》に斬り殺して仕舞うぞ」

怪賊らは物をも言わず平伏《へたば》った。その内に火はますます燃え広がるので、二少年は片っ端から怪賊らの襟首取って引き起こし、彼らが折角盗んで来た七個の荷物を、再び七人の背に負わせ、各々《めいめい》の両手を後手《うしろで》に廻して荷物の上に縛り、床の上の時計や財布は、忙《いそが》わしく、二少年自身ポケットに入れ、

「サア、起て！」

と、怪賊らを蹴り立てた。

　この時火はもうすぐ背後《うしろ》まで燃えて来たので、最早猶予はして居《お》られぬ。俊一少年は神速《すばや》く、水車の軸に結んだ七本の細引きの端を解き、それを手に握って猛雄少年と共に、左右から仕込み杖を揮《ふ》り廻し、

「ヤイ、これから麓の村へ連れて行くのだ。ぐずぐずしていると焼き殺されるか、斬り殺されるぞ。早く外へ出ろ」

　背後《うしろ》からは火が燃え迫り、左右にはギラギラ仕込み杖が光るので、七人の怪賊らはもうどうすることも出来ず、意気地なくも縛られた片足を引き摺って、ノコノコ外に歩み出ると、二少年はまた、先刻退治した白色の河獺《かわうそ》のことを思い出し、これを隠した場所に七賊を引っ張って行って、河獺の四肢《よつあし》を縛り、太い棒を見付けて来てその中央に吊り下げ、重い荷物を背負わせた上に七賊にこれを担がせ、牛か馬を追うように、追い立て追い立て帰路に就《つ》いた。

　独木橋を渡り、陰気な谷間を出でて振り返ると、彼の幽霊小家はもう一面の火となり、東の空はほのぼのと明けかかっていた。

　二勇少年が七賊を追い立て追い立て、嶮しい山路を下って行く有様は、実に画にも描

かれない奇観であった。怪賊らは途中でしばしば逃走を企てると、たちまち仕込み杖が鼻の先でピカリピカリと光り、少しでも不穏《ふおん》の挙動をしようものなら、直《す》ぐ様《さま》細引を引っ張られ、足を掬《すく》われスッテンコロリと倒れるので、如何《いかん》とも詮方《せんかた》なくノコノコ下りて行くのだ。

やがて一里半の山路を下《お》り尽くすと、夜は全く明け放れ、麗《うらら》かなる太陽は東天に現れた。宿屋に帰って見ると、サア大変な騒動《さわぎ》である。画家先生は苦心惨憺の写生画を盗み去られ、血眼になって憤慨し、堂々たる政治家先生も、洋服を持ち去られシャツ一枚で頭を掻き、その他《ほか》近眼先生が眼鏡を持ち行かれてマゴ付くもあれば、文士先生が折角書いた旅行日記を盗み取られて嘆息しているもあり、中にも博士は金時計よりも何よりも、二少年の姿が見えぬので、これも悪賊に連れて行かれたものかと、青息吐息吹いて心配している処へ、二勇少年は悠然として、盗まれた荷物や巨大な河獺を引っ担いだ奇怪の七賊を追い立て追い立て帰って来たので、一同はまた沸き返るような大騒ぎ。幽霊小家探検の顚末を聴いて、驚くもあれば、感嘆するもあり、両手を挙げて快《かい》を叫ぶもあれば、首を振り立てて称讃の声を放つもあり、有《あ》り難《がと》う有《あ》り難《がと》うを連発して、各々《めいめい》自分の品物を取り戻して一同は寄って集《たか》って、万歳万歳と二勇少年を胴上げした。

日本語を解せぬ宿屋の爺公《おやじ》は、余りの騒ぎに自分が殺されるのではあるまいかとたまげて、グルグル回って三拝九拝した。

「イヤ、驚くには及ばぬ」

と、博士は簡単に二勇少年が幽霊小家を探検し、奇怪の七賊を捕えた次第を語って聴かせると、爺公《おやじ》は躍り上がってますます驚き、

「ヒエー、そんな悪い奴らを捕まえて下さったのですか。有り難い事でご座います。早速村の若い者を集めて引き渡して遣《や》ります」

と、この辺の習慣と見え、大きな法螺《ほら》の貝をボーンボーンと吹き立てると、集まるわ集まるわ、四方八方から村の若い者が集まって来て、爺公《おやじ》から怪賊らの捕えられたことを聴くと、

「これ盗賊ども、太い奴だ」

というので、打つやら蹴るやら、七賊の周囲を黒雲の如く取り巻いて彼方へ引き摺って行った。大方散々な目に逢わされ、結局《しまい》には牢舎《ろうや》へ打ち込まれることだろう。

怪獣の如き白色の河獺《かわうそ》は、日本へ持って帰るためにすぐに巧者な村人を雇って、見事に皮を剥ぎ取らせ、博士は実に稀代《きだい》の珍物だと舌を巻き、是非おれに譲って呉れないかと二少年に懇願した。二少年は無論喜んで贈呈した。

斯《か》くて一行はなおさまざま面白い旅行を為《な》し、恙《つつが》なく日本に帰ってから、凡《およ》そ二〇日ほど過ぎて或る日のこと、博士は二勇少年をその住宅に招き、旅行中の面白かった話をしながら、山海の珍味を御馳走した上に、稀代の河獺を譲って貰ったお礼だと言って、「探検記念」と彫刻した立派な純金のメダルに添えて、精巧な自転車と猟銃とを一組ずつ二人に与えた。

二人は大得意である。大歓喜《おおよろこび》である。

そうして博士は稀代の河獺を剥製にした上、自分一人の物にせず、公益のため博物館に寄付すると言っている。遠からずその珍品が現れた時、博物館の陳列棚には更に一異彩が加わるだろう。

付録一、酒に死せる押川春浪

大町桂月

草木も眠る真夜中に、どんどんと雨戸を叩くものあり。起き出でて見れば、押川春浪と鷹野止水と也。迎え入れて、対酌して、暁に達す。止水去れり。春浪なお留まりて、なお対酌して、正午を過ぎたり。共に出でて、宮崎来城を訪い、又飲む。夜半に至りて辞し去る。春浪、前に在り。余、後に在り。春浪ふと立ちどまり、五紋付のきびらの羽織を脱ぎ、之をやるとて、余に渡さんとす。余は要らぬとて、受取らず。さきに来城を訪わんとする途中、絽羽織のぐにゃぐにゃしたるよりは、きびらのぴんとしたるが、見ても気持よし。殊によく君に似合えりとて褒めしことありしが、思うに春浪は今俄に其言を思い出したるなるべし。一旦言い出しては、後へ引かぬ気象、僕も要らず、君も要らず、さらば両人に無用なるものなり、打棄てんとて、桑畑の中に投ぐ。我れ拾い来りて渡さんとするに、受取らず。肩にかくれば、振り落して顧みもせず。君も要らず。僕も要らず。これでは愈々棄つるが、承知かと言えば、言うにや及ぶという。さらばとて、われ桑畑の中に投げたり。東大久保なる前田侯別荘の裏門のあたり也。一方は土手、一方は田、明月天に冲す。見渡す限り、人家なく、人籟全く絶えて、乾坤の間、唯蛙声の閣々たるを聞く。昨夜来幾んど一昼夜も飲みつづけたるに、余は疲れたり。されど、所謂梯子酒の春浪の事なれば、このままにては別れまじ。三十六計、にぐるに若かずと思えど、競争の妙を得たる春浪の事なれば、必ず追いつかん。よしよし狸寝入をして見んとて、土手にどっかと腰をおろし、春浪君、僕は眠くて、一歩も歩かれず。ここに寝て行く。これにて失敬と言えば、君を棄てては行かれずという。馬鹿な事を言い給うな。路傍に酔臥することが、僕の癖なることは、君も承知せる所ならずや。殊に銭は一文も持ち居らず。たった単衣一枚にて幕天席地、何も心配することは無し。君はさっさと行き給えと言いすてて仰臥す。草に置ける露、肌に浸む。春浪も腰をおろしけるが、暫くして余を呼ぶ。余は答えず。余の手を引く、余はなお起きず。余の両手を把って路上を引きずる。余は狸寝入を続く。春浪終に閉口して立ち去れり。

首を回せば、既に十年一昔となりぬ。当時春浪は三十になるやならずの血気盛り、盛に飲みて、盛に気焔を吐けり。春浪も余も共に博文館に机を並べおりたりしが、余博文館を追われて後は、久しく相見るの機を得ざりき。明治四十五年が大正元年と改まりてより、まだ二ヶ月とは経たぬ程の事也。われ箱根山上にたてこもりて著述に苦心しけるに、思いがけずも、春浪に邂逅す。されど、当年の俤は何処へやら、病み衰えて、形容枯槁せり。夫人看護にとて、付添えり。一夕春浪夫妻をボートに乗せて、余一人にて漕ぐ。肯かぬ気の春浪、僕に一つの櫂を渡せという。止めよといえど肯かず。一つの櫂を渡したるが、二、三分にして止みぬ。月明かに、風清く、金波湖心に涌く。西に富士山、東に鞍掛山、文庫山、南に三国山、北に神山、駒ヶ岳、二子山。離宮塔ヶ島の上に縹緲たり、むかしの春浪ならば、如何にか楽しからん。われ暗に涙を呑む。夫人曰く、貴方は相変らず、お達者で元気で結構也と。病める夫を介抱せる夫人の心中を思いて、われ更に暗涙を呑む。

嗚呼春浪君は、三十八歳の壮齢を以て、世を去れり。さる文人の連中の机を並べたる処にて、春浪君の噂はじまり、さて春浪逝けり。この次に死すべき文士は誰なるか。先ず大町桂月ならずやと言いあえりとかや。如何なれば、斯かることが話柄となりしぞと想像するに、春浪は大いに酒を飲めり。故に早世せり。桂月も善く飲む。また同じく天命を全うする能わざらんかと心配せられたるにあらざるか。われ何時死ぬるかを知らざるが、死ぬるまでは、生きている也。『酒不到劉伶墓上土〔酒は劉伶《りょうれい》の墓上《はじょう》の土に至らず〕』、死しては酒は飲めざる也。藤田東湖が『瓢兮』の詩の中に曰く、『夭寿有命非汝罪。姓名且付驥尾伝〔夭寿命《ようじゅいのち》あり汝の罪にあらず。姓名かつ驥尾《きび》に付して伝う〕』と、世上、下戸の徒、以為えらく、酒は人の生命を短くすと。されど、七福神の一に数えられたる福禄寿を見よ。現に支那にありたりし人也。売卜を業として、酒に代う。朝廷に召されて、何歳なるかと問われたるに、臣は酒を飲まずんば物言う能わずという。酒を飲まさる。因って曰く、臣は黄河の澄むことを幾度も見たりと。黄河は千年にして一度澄むと称せらる。その黄河の澄むを見たる福禄寿は数千年も活きたる訳也。而して善く酒を飲めり。酒豈に必ずしも人の生命を短くするものならんや。されど春浪君は或は酒の為に生命を縮められたるかもしれず。果して然らば、共に痛飲したりし余も、其責なしというを得ず。恐縮千万の次第也。

嗚呼押川春浪は逝けり。人、神にあらざる以上は、何人も長所あると共に短所なきはあらず。春浪君は酒癖のみならず、他に短所もありしなるべし。されど、春浪君は、澆季の世に、よくも斯る快男子がと思わるる人なりき。金銭を視ること土芥の如く、死を視ること帰するが如く、不義不正を視ること蛇蝎の如く、明治の文壇に冒険小説の一派を開きて士気を鼓舞し、兼ねて運動に青年を鼓舞せり。雑誌の『冒険世界』は春浪に依りて創まれり。後、転じて、『武侠世界』を創めたり。武侠冒険が春浪か、春浪が武侠冒険かと、世を挙って仰望せしむ。偉なる哉春浪君。君の肉体は朽つることあるも、君の精神は死ぬるものにあらず。君の精神の死なんときは、即ち我が日本帝国の滅亡せん時也。日本帝国の存する限りは、君や死せず。嗚呼押川春浪君。願わくは瞑目せられよ。

（『十人十色名物男』実業之日本社、大正五年）

付録二、余の見たる押川春浪

横山健堂

その上

◉吾輩は去月、静岡県に旅行し、車窓より箱根山の黄葉、紅葉の碧潭《へきたん》に照映するを飽かず愛賞し、夜、駒籠の書斎に帰り来りし時、卓上に、春浪君の訃報の載せられたるを見たり。令弟押川清君の名を以て、春浪君が田端に病没せるを報ぜるなり。田端といへば、駒籠と甚だ相近し。日夕、吾書楼に登れば、蒼々たる邱樹、眼中に在り。かくの如くして、吾輩は彼の大病なりしを聞かず。忽焉《こつえん》として隔世の人となれるを思へば、すべて夢の如し。彼は死せり、然れども彼の面影は滅せず。

◉送葬の日、吾輩は、彼の病は急なりしを聞けり。則ち吾輩が東海道の山光雲影に憧憬しつつありし時、彼は逝けるなり。彼は急病なりしといへど、病の来れる遠因は自ずから存す則ち彼が天質の強健ならざると、不養生なりしとに依らずんばあらず。然れども彼の一生を追憶するに、意気の一語を以て蔽う事を得可し。彼の弱体痩躯を以てして、彼ほどの志業を為すを得たるは一に彼が意気の旺盛なりしが為にして、また彼の弱質にして能く彼ほどの意気を発揮したるを思へば感嘆するに余あり。彼の不養生といふも、元彼の意気を発揮するの余りに出づ。不養生の為に、ますます体質を薄弱ならしめ。いよいよ弱躯にして、意気はいよいよ旺盛なりき、彼は意気の為に死し、意気の為に生きたるものなり。意気は体躯と共に地中に埋め去らる可きものに非ず。意気は不滅なり。春浪不幸にして早く死せりと雖も、彼の意気は耿々として永く存すべし。

その中

◉吾輩は、何となく彼と親しかりしも、彼と遭ひし事は甚だ稀なり、故に、彼と相見て相語りし事は、悉く記憶し得て忘れず。

◉最初の二度は、吾輩、大町桂月君と共に逢へり。第一回は大町君の柏木の山荘に於てなり、この夜、衆客、酔余に、座敷にて「押合い」を試みしが、彼は、偶、極めて肥満せる屈強の男と押合い、幾回試みても、一回も勝ち得ず、遂に、彼が規約を超えて、突然、敵の首を抱いて捻倒さんとするを見たり。かくの如くするも尚ほ彼は勝つを得ざりき然れども其の間、彼の技にも多少、取る可きものも無きに非ざりを以て、初見の吾輩は、彼は元来此の如く弱武者ならざるも、泥酔の為に連戦連敗するものなりと思いたり事実に於いては、彼は到底、かかる肥大漢を掣するに足る可き強兵に非ざりしなり。第二回は、酒間に、邂逅相逢い、数語を交換して分れたり。吾輩は始めて酔中の彼を見、而してその後、彼を見たる時の半数は、彼の酔態を見たるなり。

◉吾輩は一たび彼を早大運動場に見、一たび博文館の楼上に見、一たびはポプラ倶楽部のテニス、コートに戦ひ、一たびは武侠世界の編集局に、主筆としての彼を見たり。彼のラケットに於けるは、全く無能にして、吾輩の敵とするにも足らざるほどなれども彼がコートに立つ時は、その顔面に、一種精悍の気象を現はせり。

◉去年、盛夏の一日、吾輩、針重《はりしげ》、弓館《ゆだて》、倉田の諸君と共にテニスを試むべく、飄然として武侠世界の編輯局を訪へり。彼は、主筆の椅子に座し、筆を奔らせつつあり。共に久闊を叙するや、彼は、直ちに卓上の、葡萄酒と、ビールとを取りて、吾輩に勧めつつ、慷慨憂世の談を為す。彼は卓の「曳出し」より彼の父押川方義《まさよし》君の書束を出して吾輩に見せしむ。大意は、天下の事、積誠にして、力量、名望を備へたる後ち始めて為すあるべし、汝の未だ能く企図するを得るところに非ずといひ、以て、彼を誡飭するに在り。彼は、酒気を交へ、且つ、言甚だ訥拙なりしと雖も、奮励、自から大に期するの意気を表白せり。吾輩が。彼の真骨頭を認め。彼に敬意を払いしはこの時に在り。既にして吾輩は、コートに出てて、諸君とラケットを揮いつつありしに、俄に彼は、編輯局の闥を排し、「猿股」一にして、手に洋食のナイフを携へ、コートに来り、頻りに気焔を吐き、ナイフを揮って、テニスアミを切断せんとす。午後の炎熱、流汗淋漓《りんり》、コートに立てる者悉く赤裸々なり、幸に肥大漢倉田君、彼を抱き止め、強擁して、編輯局に到り、洋服を着けしめ、俥を呼んで、彼の自宅に送還せしめたるを以て、彼は、甚しく酔態を発揮するに及ばざりき。彼は酔余、気を吐くこと虹の如しと聞きしことあるも、吾輩が目睹したるは、唯此に留まる。

◉最後には、今年、武侠世界が庚申山の探検を試みしとき、吾輩も誘引せられしも所用ありて行かず、則ち一行を上野駅に送りし時、彼が、団体の中央に占位し、飽くまで痩せて竹の如くなる躯幹を洋服、草鞋に武装したるが、おとなしく直立して、汽車のプラットホームを離るるに及び、遠く、車窓の中より、吾輩に目礼したるは、吾輩が彼を見たる最後の一瞥なり、爾来、吾輩、またしばしば南船北馬して、東京に帰るの時、彼と相逢ふの機会無く、彼の行動もまた多病にして不規則なりしかば、遂に、相見ず、彼が小笠原島より帰来するに及び、頓に健康を増進せしと聞き、竊に彼の為に慶したるに、計らずも彼の訃音に接するに至れり。可惜哉《おしむべきかな》。

◉吾輩は、少年が、彼の事を語るに、必ず尊敬詞を付して春浪サンと呼ぶを聞き、彼が意気、声望の後進を動かすの深きものあるに感服したる事あり。かくの如きは、如何に其の人、志気勁烈《けいれつ》なりとも、また能く後進を愛し、後進に同情し後進の為に犠牲となるの崇高なる精神あるに非ざれば能わず。唯だこの一事を以てするも尋常人の能く企及するを得るところに非ず。而して吾輩の見るところを以てすれば、彼が、能く此を為せるは、彼の才学文章に非ずして、彼の意気精神に在り、則ち彼が人格の力の光被なりという可し、今、我が国運、千載一遇の時機に際し、青年の志気、ますます剛健、意気を以て相磨砺するを要するの秋に当り、斯の人にして、春秋、僅かに三十七八歳にして没せるは、真に惜むべし。彼の送葬を雑司ヶ谷斎場に営むの日、寒雨滂沱として、林間の雫、濺ぐこと涙の如し。天もまた彼の早折を哭するなるべし。

その下

◉吾輩が彼の早折を痛惜する所以のもの、尚ほ一あり。彼が武侠の精神を説くは、必らず、愛国経世の志気を鼓舞するを忘れざる事是なり。此の如くは吾輩が、最も彼に多としたる所ならずんばあらず。近年、教育制度及び学風の変遷と共に、経国経世の気風は、青年の間に漸く減退せるを見る。彼は、慨然、頽瀾を回し、ますます経国経世の気風を鼓舞作興せんが為に身を忘れて武侠の二字を絶叫したるものならずんばあらざる可し。彼の真骨頭は、憂国の志士なりしなり。彼が極力、論争したる問題は、つねに国家的、民族的性質の顕著なるもののみに非ざるは無し。畢竟、彼は、武侠文学の名に隠れたる一の経世家なりしなり。吾輩の見たる押川春浪はかくの如くなりしと信ず。

◉吾輩は、彼の志業、経国経世に在りしと解釈するを以て、彼が提唱したるの武侠の二字、始めて生命ありと為す者なり。而して彼の武侠文学は、最近、我が文壇に於て、彼の独壇場に属することは、何人も疑ひを容るる者無く、また彼と衡を争はんとする者も無かる可し。

◉如上は、吾輩の私見にして、吾輩が彼と交はり、彼を識るの浅かりしを以て、彼の高所、長所は更に偉なるものあるべしと思ふ。彼は早折せりと雖も、彼の友人、臨川《りんせん》、未醒《みすい》その他同志者遺業を継承し、彼の精神、既に天下の青年の腹心に布く、則ち彼の留与せる武侠文学の堅塁は、永遠に大磐石なるべし。在天の英霊、幸に安んずるを得ん。

（『人物と事業』東亜堂書房、大正四年）

付録三、押川春浪関係年譜

一八七五（明治八）年		一一月、父・押川方義、新潟へキリスト教の伝道に赴く。
一八七六（明治九）年	○歳	三月二一日、押川方義・常の長男として、愛媛県松山小唐人町に生まれる。一一月、方義の伝道先の新潟パーム・ホスピタルへ移転。
一八七九（明治一二）年	三歳	新潟市内で六月、七月と二度の大火発生。
一八八〇（明治一三）年	四歳	八月、新潟大火、五六二八戸焼失。九月、父・方義新潟での伝道を断念。両親とともに仙台へ移転。
一八八三（明治一六）年	七歳	宮城師範付属小学校に入学。
一八八七（明治二〇）年	一一歳	付属小学校四年を終了。高等小学校へ進学。
一八八九（明治二二）年	一三歳	高等小学校二年級を終了。単身上京し、予科一年を省略し、明治学院二年級に入学。はじめて野球に出会う。
一八九一（明治二四）年	一五歳	野球に熱中し、二度落第し、父・方義に大目玉を喰い、明治学院を辞めさせられ、方義が院長を勤める東北学院普通科に編入

		される。弟の清に野球を教える。この年、大津事件発生。
一八九三（明治二六）年	一七歳	同級生の頭髪を焼く事件のため、東北学院を退学。札幌農学校実習科に入学。二年前に全線開通した東北線に乗り、札幌に向かう。途中、深夜一時すぎに人身事故に遭遇。
一八九四（明治二七）年	一八歳	札幌神社での乱闘事件で札幌農学校退学。再び上京し、芝の水産伝習所漁撈科に入り、製造科に転じたのち、退学。この年八月、日清戦争勃発。一二月、方義が主宰する大日本海外教育会発足。
一八九五（明治二八）年	一九歳	九月、東京専門学校専修英語科（翌年、英語学部と改称）一年級に入学。同窓の正宗忠夫（白鳥）と交友を結ぶ。またこのころより飲酒癖深まる。
一八九八（明治三一）年	二二歳	七月、英語学部三年級得業。引き続き九月、政学部邦語政治科に入学。このころ、東京専門学校内に野球部を創設する。
一九〇〇（明治三三）年	二四歳	六月、義和団事件（北津事件）発生。七月、父・方義北津に赴く。同夏、『海底軍艦』執筆。九月ごろ、親戚の櫻井鷗村を通

		じて博文館の巌谷小波を紹介され、「木曜会」に参加。永井荷風らと相知る。小波は当時の児童文学界のリーダーであり、方存に「春波」の号を与えたが、方存は「春浪」に改めた。ここで押川春浪が誕生した。一一月一五日、『海島冒険奇譚　海底軍艦』を文武堂より刊行、販売元は博文館。ベストセラーとなる。
一九〇一（明治三四）年	二五歳	六月、二冊目の単行本『航海奇譚』を大学館より刊行。以後、博文館入社までの間に、大学館より春浪の著十一冊を刊行。七月、東京専門学校を得業。
一九〇二（明治三五）年	二六歳	六月、『万国幽霊怪話』（美育社）発行。
一九〇三（明治三六）年	二七歳	この年、西山亀子と結婚。
一九〇四（明治三七）年	二八歳	一月、『海国冒険奇譚　新造軍艦』（文武堂）。二月、ロシアと国交断絶。三月一八日、小波の推輓で博文館に入社。八月、旅順攻囲。『日露戦争写真画報』編集に従事（〜三八年一二月まで）。一二月、長女・華子生まれる。

一九〇五（明治三八）年	二九歳	三月、奉天大会戦。五月、日本海海戦で勝利。九月、ポーツマスで講和条約成立。一一月、長男・武俊生まれる。
一九〇六（明治三九）年	三〇歳	一月、『写真画報』主筆となる（〜四〇年一二月まで）。六月、『冒険小説　怪雲奇星』（本郷書院）発行。
一九〇七（明治四〇）年	三一歳	五月、『冒険怪譚　幽霊旅館』（本郷書院）発行。
一九〇八（明治四一）年	三二歳	一月、『冒険世界』主筆となる。同月、次女・登美子生まれる。七月二五〜二六日、天幕旅行大運動会（冒険世界主催）を開催。一一月、本郷書院より『万国幽霊怪話』を復刊。
一九〇九（明治四二）年	三三歳	四月四日、中沢臨川らとはかり、羽田運動場を開設。同時に日本運動倶楽部を結成。スポーツ振興活動に乗り出す。五月、スポーツ社交団体「天狗倶楽部」を結成。
一九一〇（明治四三）年	三四歳	九月、三女・凛子生まれる。
一九一一（明治四四）年	三五歳	二月、武俊没。八月二九日より「東京朝日新聞」に「野球と其害毒」と題する新渡戸稲造等の記事が二二回にわたって掲載され、春浪等は「読売新聞」紙上で一七回にわたり反論を展開。

一九一二（明治四五／大正元）年	三六歳	九月一七日、神田青年館で「野球問題大演説会」（読売新聞主催）を開き、続いて九月二三日に、天狗倶楽部主催で「野球問題演説会」を神田青年会館で開催。博文館上層部と話がこじれて、一一月三〇日退社。一二月、次男・英雄生まれる。
一九一三（大正二）年	三七歳	一月、天狗倶楽部メンバーの協力を得て、武侠世界社を設立。『武侠世界』を創刊し、主筆となる。一月、箱根に静養、大町桂月に出会う。二月に英雄を、三月に母・常を相ついで亡くす。八月一日、春浪原作の映画『銀山王』公開。このころより、体調とみに悪化。
一九一四（大正三）年	三八歳	正月、三日間でビール五〇本、日本酒数升飲む。四月一〇日、療養のため小笠原島へ旅立ち、絵画勉強のため倉田白羊が同行した。小笠原島の島司と悶着を起こし、六月三日、小笠原を出発し、帰京。七月、第一次世界大戦勃発（オーストリアがセルビアに宣戦したのが発端）。八月六日〜八日、暑中壮快旅行を決行（武侠世界社・天狗倶楽部発起。総勢三〇名参加）。一一

月一五日の夜半に体調急変。同月一六日午後六時三〇分、田端の自宅で家族に看取られながら永眠。

著者

押川 春浪（おしかわ しゅんろう）

1876年（明治９）愛媛県松山市に生まれる。本名方存《まさあり》。日本キリスト教界の元老押川方義の長男。東京専門学校（早稲田大学の前身）在学中の1900年（明治33）に、冒険科学小説『海底軍艦』（文武堂）を発表。冒険小説界のスターとなり、数多くの傑作を残し、日本SFの祖と称される。また、雑誌『冒険世界』や『武侠世界』の主筆を務め、後進の作家や画家の育成に尽力。スポーツ社交団体「天狗倶楽部」を結成するなど、スポーツ振興活動を行う。過度の飲酒により、1914年（大正３）に38歳の若さで永眠。

押川春浪幽霊小説集

2023年1月20日　第１版第１刷発行

著　者　押川　春浪

発行者　佐藤今朝夫

〒174-0056 東京都板橋区志村1-13-15

発行所　株式会社　国書刊行会

TEL.03(5970)7421(代表)　FAX.03(5970)7427

https://www.kokusho.co.jp

ISBN978-4-336-07440-9

印刷・株式会社エーヴィスシステムズ／製本・株式会社ブックアート